怪談売買録
嗤い猿

黒木あるじ

竹書房
怪談
文庫

まえがき～怪談売買所、ふたたび～

こんばんは、黒木あるじです。

本書は二〇一六年の秋に刊行した拙著『怪談売買録　拝み猫』の続編になります。続編といっても明確な繋がりはありませんから、前巻を読んでいない方も気軽に頁をめくっていただければ幸いです。

とはいえスタンダードな怪談実話の書籍とはやや趣きが異なりますから、若干の説明は必要かもしれません。怪談売買所とはなんなのか、なぜ私がそのようなことをおこなっているのか——そのあたりを、手短に説明しておこうと思います。


六年ほど前、私は山形市にある母校の芸術系大学から、とある誘いを受けました。「大学祭にブースを出してもらえないか」というのです。絵画や陶芸、映像や写真やデザインなど各方面で活躍する卒業生の作品を紹介し、大学を広くPRする。そんな思惑があったようです。しかし、こちらは専攻学科とまったく関係ない肩書きの身。さて、どうしようかと悩んだすえ、私は「怪談売買所」の開催を閃きました。

「怪談売買所」とは、関西を中心に活動する怪談作家・宇津呂鹿太郎さんが発案した、文字どおり怪談を売り買いするお店です。往来のお客さんから、自身もしくは家族や友人の不思議な体験を拝聴し、対価として一話につき百円を支払い、逆に、こちらが怪談を披露した場合は百円を頂戴するというシステムの、とてもユニークな試みです。

これを試さない手はありません。宇津呂氏からもアイデアの拝借を快諾いただき、私は「怪談売買所」をオープンしました。結果は大成功、多くの来場者から不思議な話を拝聴することができました。その後も私は同様のブースを複数回にわたり出店、いずれも非常に満足のいく結果となったのです。

そのうち、私はひとつの不満を抱きました。これほど愉しく、恐ろしい話の数々を自分ひとりが愉しむのはあまりにも惜しいのではないか。その思いを解消するため、二〇一六年までの記録を一冊の書籍にまとめたのが前作、二〇一七年から今秋までの記録をまとめた第二弾が本作になります。

前作でも記しましたが、私が「怪談売買所」を続けているのは、非常に面白いから――その一点に尽きます。そう、集まってくる話がすこぶる面白いのです。

怪談実話の取材は通常、人伝てで「知り合いがこんな体験をしたんだって」などと連絡をもらい、話者にアポイントメントを取る形でおこないます。けれども、それは「何度か語られた話」であることの証明でもあります。最低でも私に連絡してくれた人物には披露しているわけで、そのほか複数名に話している可能性も否めません。

他者に語るうち、怪談は〈ブラッシュアップ〉されていきます。余分な箇所を取り除き、聞き手が反応した部分を強調する。自覚しているか否かにかかわらず、話者は自身の体験を〈研ぎすましている〉わけです。もちろん、それが悪いわけではありません。反復によって精度を増していくのは必然の流れです。

けれども、私は（贅沢な願いだとは知りつつも）なるべく原石を拾いたいのです。造りが粗く、物語として歪さの残る、そんな怪談を聞きたいと思ってしまうのです。なぜなら、話者が「語るに足らない」と思った部分にこそ、往往にして鉱脈が眠っているからです。神のみならず、怪もまた細部に宿っている。そんな気がします。

さて、翻って「怪談売買所」です。話者はみな、たまさか話者となった人物ばかり。運悪く出会ってしまった「お化け屋」に懇願され、やむなく記憶の蓋を開けた人たちです。その結果、定型に嵌らない、生々しさの漂う、滋味深い逸話が語られる。そこに、私はいたく惹かれているというわけです。

ぜひ読者のみなさんにも、そんな「現場」の臨場感を感じていただきたく、本書は時系列に沿った構成を心がけ、かつ可能なかぎり話者の口ぶりを尊重する形で文章化しています。拙い文章ゆえ、試みが成功しているかは不安の残るところですが、幾ばくかでも「怪との遭遇」を味わってもらえたなら非常に嬉しく思います。

さあ、お喋りはこのくらいにして、そろそろ店を開けるといたしましょう。

お待たせしました。ようこそ——怪談売買所へ。

目次

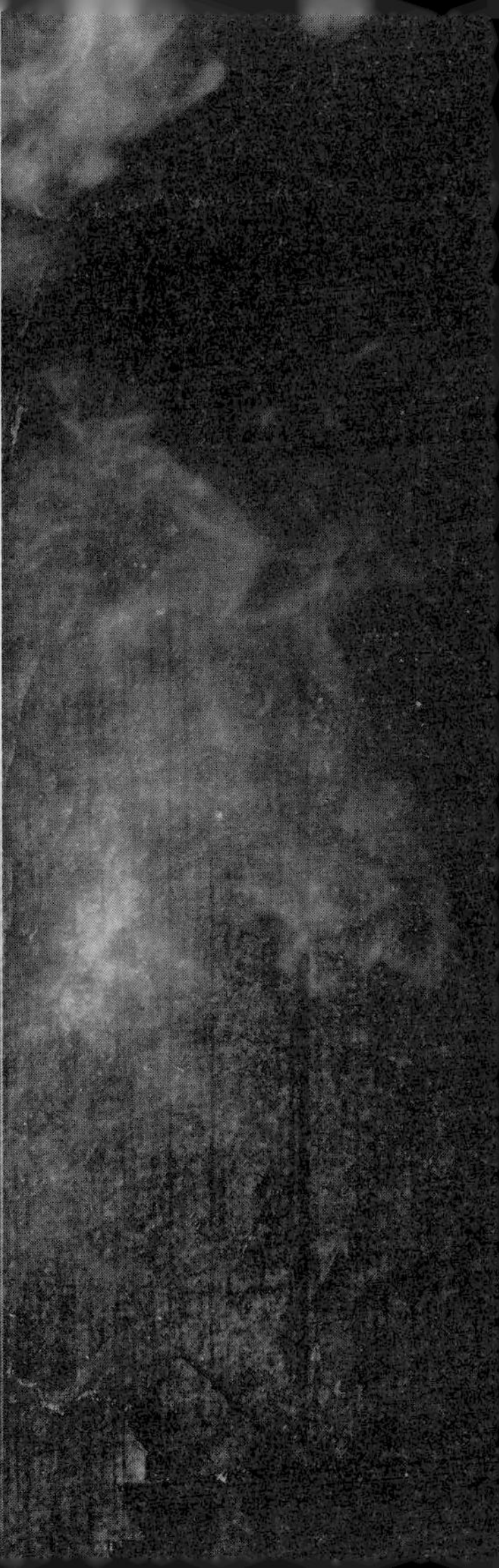

怪談売買録・壱

【日時】二〇一七年九月十七日
【場所】東北芸術工科大学・学生食堂二階ブース

跳ぶ婆

【日時／九月十七日・午前九時七分】
【話者／県内Y町在住の五十代女性、近所なので学祭を覗きに来たとのこと】

不思議な――話ですか。

そういえば、親戚にちょっと変わった人がいましたね。母方の祖母の妹ですから、私にとっては大叔母にあたるんですけど、妙な特技を持っている女性でね。

跳ぶんです。正座したまま、何メートルも。

ええ、私も何度となく目撃しましたよ。大叔母の家へ遊びに行くでしょ。すると、毎回ニコニコしながら「お前ェ《め》だけに、いいもの見しぇでけっが」と言うんですよ。

それで私が頷くなり、大叔母は座布団に座った状態から垂直に跳びあがるんです。天井に手が届くほどの高さまで、ピョーンと。

お婆ちゃんですからね、そんなことができるほど筋肉があるようには見えないし、手品の類だとしても、ごく普通の田舎の家にそんな大仕掛けなんて有り得ないでしょう。子供の目にも不思議な光景でしたよ。

跳び終えると、大叔母はきまって「内緒だぞ」と嬉しそうに笑うんです。

いまにして思えば、あれは子供のいない彼女なりのコミュニケーションだったんでしょうね。

祖母によると、大叔母は成人してから「なにか」を信仰するようになり、おかげでなんらかの力を得たらしいとのことでした。

なにを信じていたのかは聞いていません。

大叔母が語らなかったのか、祖母が興味を持たなかったのか、あるいは孫の私にだけ伏せているのか——真相はわかりませんけど。

ただ、神棚だけは強く印象に残っています。普通、神棚って白木でしょ。ところが大叔母の家の神棚は真っ赤に塗りつぶされていたんです。あれは強烈でしたね。

（ぜひ本人から話を聞きたいと懇願する私に）

ああ——残念ながら大叔母、すでにこの世の人ではないんです。

二十年ほど前に亡くなりまして。ええ、私に「いいもの」を見せてくれた部屋で、正座したまま事切れているところを発見されたんです。

首の骨が折れた状態で。

私は「天井に激突したんじゃないか」と疑っているんですけれど、あの〈特技〉を祖母や母は知らないはずなので、おいそれと訊ねるわけにもいかなくて。

だから、彼女が死んだ理由は現在も謎なんです。

シャツ持ってきて

【日時／九月十七日・午前九時四十分】
【話者／山形市在住の三十代男性、高校生の娘に誘われて来校】

数年前の夏、汗だくで自宅に帰ったんですよ。ものすごい暑い日で、ワイシャツもズボンも夕立に降られたようなありさまでね。私はそのまま部屋着になるのが嫌で、汗を洗い流そうと風呂場に駆けこんだんです。ところがシャワーを浴びているうち、うっかり替えのシャツを用意していないのに気がつきまして。普段はシャツと下着を脱衣所にあらかじめ置いておくんですけど、その日は汗まみれの服を脱衣カゴに突っこみ、そのまま風呂場へ突入していたんです。

髪を洗いながら「困ったなあ」と思いました。いや、神経質なのかもしれませんが、私は裸で部屋をうろつくのが生理的に苦手なんですよ。それで悩んだすえ、茶の間にいる母親へ向かい「シャツ持ってきて」と叫んだんです。

母も私と同様、家族であっても裸を見たり見られたりが嫌いな人間なもので、若干ためらいはあったんですが――まあ思春期ならともかく、もう三十ですしね。それに風呂場へ入ってくるわけでもないので良いかなと思ったんですよ。そしたら。

「いいよおおお」

返事が聞こえたんですよ。

耳のそばで。

いや、一瞬だったのではっきりと声色は憶えていません。母親だったといわれればそんな気もするし、知らない女だったような気もするし。ただ、それが変な声でね。ビブラートっていうんでしたっけ、わざと喉を震わせたような感じだったんです。

まあ、もちろん母親だと思いますよね。ギョッとしつつ「脅かさないでよ」と声の方角を見たら――誰もいないんですよ。風呂の戸も閉まったままなんです。

シャワーにざばざば打たれたまま呆然としていたんですが、すぐに「空耳だろ」と考え直しました。だって、そうとでも考えなくちゃ辻褄が合わないじゃないですか。まあ、無理やり納得してみたものの、もう一度呼びかける勇気はありませんでした。私は着替えをあきらめ、髪に残ったシャンプーを洗い流して風呂場から出たんです。

するとね――あるんですよ。

シャツ。

足拭きマットの上に。ぐちゃぐちゃに濡れた、水浸しの状態で。

もちろん、さっきまで着ていたものとは別なシャツです。おそるおそる摘まみあげ鼻を近づけると、お酢みたいなにおいがしたのを憶えています。

で、私はそのとき「母親の仕業だな」と思ったんです。帰ってくるなりただいまも言わず風呂に入り、おまけに「シャツ持ってきて」と命令した息子に怒って、わざと着られる状態じゃないシャツを置いたんだろう――そう考えたんですね。

裸で家のなかを歩く不快感を我慢しつつ、バスタオルで身体を拭きながら茶の間に向かい、ドアを開けるなり私は抗議しました。

「ねえ、あの仕打ちはあんまりじゃ……」

いないんです。

誰も。

茶の間、空っぽなんです。

生活の残り香ってあるじゃないですか。「あ、ここに何分か前まで誰かいたな」って空気。あれがないんです。部屋が、しんと冷えきっているんです。わけがわからずに立ち尽くしていると、玄関のほうで音がしました。

「ちょっとアンタ、いくらなんでもパンツくらい穿きなさいよ」

そう言いながら、母親が茶の間に入ってきまして。手にはスーパーのビニール袋。聞けば、私が帰ってきてすぐに買い物へ出かけ、いましがた戻ってきたというんです。パンパンに膨らんだ袋が、嘘ではないことを証明していました。

じゃあ、濡れたシャツを置いたのは。

「いいよお」と耳のそばで言ったのは。

いまも、わからないままなんですよね。

読経

【日時／九月十七日・午前十時十五分】
【話者／山形市在住の十代女性、高校の同級生と遊びがてら来校】

あの、イミフ（筆者注：意味不明の略とのこと）な話でも大丈夫ですか？

ちょうど一年前、お祖父《じい》ちゃんのお葬式があったんですけど。

お葬式ってお坊さんがお経読むじゃないですか。私はパパやママと遺族席で聞いていたんですけど、お坊さんの声に被って、別な人のお経が聞こえたんですよ。

お年寄りが、ガラガラの枯れた声でお経を読んでるんです。

最初は「なんかの加減で、お坊さんの声が二重に聞こえるのかな」と思ったんです。でも、お坊さんは三十代後半くらいの人で声が若いんです。枯れてもないし。

だから次は「参列者かも」と考えたんですけど、その声って棺桶や遺影のあたりで聞こえてるんです。私はいちばん前の席に座ってるんですよ。参列者だったら背後でお経が聞こえないとヘンじゃないですか。

驚いてるうちにお坊さんのお経が終わって、声も聞こえなくなって――。

これで終われば「きっとお祖父ちゃんが来てたんだ」でハッピーエンドですよね。

ところが、お葬式のあとでパパに「お年寄りがお経を読んでたよね」って訊いたら、「えっ、子供の声だったけど」って言うんです。

ママにも訊いてみたんですけど、やっぱり「子供だったわよ。ずいぶん上手ねえと感心しながら聞いてたわ」って。お兄ちゃんにいたっては「子供だったけど、アレはお経じゃなくて悲鳴だろ」なんて言いだす始末で。

家族全員、微妙に聞いてる声が違ったんです。

けれど、お葬式の会場に子供なんていなかったんですよ。私がそれを指摘しても、みんな「でも子供だよ」「子供だったねえ」って、ニコニコしているんですよ。

イミフでしょ。

来週、一周忌の法要なんです。ちょっと――不安なんですよね。

イチのくつ

【日時／九月十七日・午前十時三十分】

「あの、落ちてますよ」と、隣でレジン細工を売っている卒業生から声をかけられた。見ると、長机の下に子供のものとおぼしき青い靴が片方、転がっている。手のひらにおさまるほどの大きさ、四、五歳児のものだろうか。しかし、大学祭がはじまって以降、私のブースに子供連れの客は訪れていない。

どうして良いものかわからず、ひとまず机に靴を置く。かかとの部分に名前らしきサインペン跡が残っているものの、掠《かす》れており判読できない。かろうじて「イチ」という文字だけが読めた。

ほかに手がかりはないか、そう思って靴のなかを覗くなりぎょっとした。

靴の内側が、いちめん赤錆《あかさび》色に染まっている。

なにをどうすればこのように汚れるものなのか。想像するのも躊躇《ため》われ、ちいさな靴を視界に入らない机の端に寄せる。それを待っていたかのように、次の客が来た。

偶然命日

【日時／九月十七日・午前十時三十五分】
【話者／県内N町在住の五十代女性、同僚の娘の展示を見るために来校】

面白いこと教えようか。あたし、死ぬ日が決まってるのよ。

ウチの父親、四十四歳で亡くなってるの。昭和五十一年の二月二十九日。そんで、父親のお兄さんって人も昭和五十九年、うるう年の二月二十九日に死んでんのよ。「兄弟で、うるう年にしかない日に死ぬなんて珍しいね」なんて言ってたんだけど、母親が五年前に八十歳で死んでね。やっぱり二月二十九日だったの。

前日まで「明日は、何年ぶりかのお父さんの命日だね」なんて笑ってたんだけどさ、朝起こしに行ってみたら、もうコレよ（白目をむいたジェスチャーを私に見せる）。

そんで葬式のときに聞いたら、死んだ親戚のなかに二月二十九日が命日だってのが六人もいたのよ。もちろんそうじゃない人もいるんだけど、それにしても多いでしょ。まあ、その日に死ぬ理由も、死ぬ人間の基準も、まるで謎なんだけどね。

葬式で会った親戚が「気をつけなよ」って真剣に言うから「バカ、偶然でしょ」と笑ってやったけど——わかるのよ。なんとなく「次は私だな」って予感があるの。去年のうるう年（筆者注：取材時点で二〇一六年のこと）は生き延びたから、次は三年後か。じゃあ、生きてたら報告しに来てあげる。あはは。
もし——姿を見せなかったら「やっぱり」と思ってちょうだい。じゃあね。

霧ゴム

【日時／九月十七日・午前十一時二十分】
【話者／天童市在住の七十代女性、学生のテキスタイル作品を見るため来校】

何年か前、友だちが山登りに誘ってくれたんですよ。私も主人も定年退職したから暇を持て余しているだろうと、彼女なりに気を使ってくれたんでしょう。

けれども私ときたら、根っからの運動嫌いでしょう。「近所への買い物でさえ車を使うのに山を歩くなんてまっぴらよ」と断ったんですが、友だちってば「私みたいなおばあちゃんだって大丈夫なんだから」とか「標高の高い山に行くわけじゃないのよ」なんて、しつこく口説くんですの。それで、私もつい「主人さえ良かったら参加してみようかな」なんて思いはじめたんですよ。

ところが、帰宅して主人に話したら「とんでもない！」と怒られまして。「君は、山がどんなに怖いか知らないんだよ。僕は絶対に行かないぞ！」ですって。

そんなに激昂する主人を見たのは初めてのことで私もびっくりしちゃって。思わず「山でなにかあったの」と訊ねたんですよ。すると「理由を教えるから、もう二度と登山なんか誘わないでくれよ」と念押しのすえ、驚く話を聞かせてくれたんです。

彼が学生時代といいますから、四十年以上も前のことですね。夫は学友に誘われて、頻繁に山登りをしていたんだそうです。若い方はご存知ないかもしれませんけれど、昔も登山は人気だったんですよ。そんな流行に倣《なら》い主人もいっぱしの山男を気取っていたようです。なんでも、最初は低い山に挑戦し、慣れるにしたがって段々と標高の高い山や難しいルートにチャレンジするんだそうです。登頂の達成感がたまらなくて、一時期は毎月のように山を訪れていたんだ——と、懐かしそうに話してくれました。

ある夏、彼は信州あたりの山に登ったんですって。山の名前も聞いたんですけど、詳しくないもので忘れてしまいました。主人に聞けばすぐにわかるんですが。

登りはじめは快晴だったらしいです。ところが山って天気が変わりやすいでしょう。五合目を過ぎたあたりで霧《きり》がみるみる広がり、あたりを覆ってしまったんですって。

視界はほぼ無いにも等しい状況でしてね。いちおう登山道は整備されているけど、片側は急な斜面。足を滑らせれば滑落《かつらく》で大怪我、最悪の場合は死にかねないわけです。彼は道に沿って張られたロープを離さないよう、一歩ずつ慎重に足を進めたそうです。それこそ、五里霧中って言葉そのままの状況だったんでしょう。

しばらく経ったころ、ようやっと霧がすこし晴れてきました。

視界はあいかわらず悪いものの、足元やロープの先がなんとか見える。ああ、もう大丈夫だと思った直後、後ろを歩いていた友人に「おい」と呼び止められたそうです。

「この霧、ちょっと変だぞ。手を伸ばしてみろ」

意味がわからないまま、言われたとおり霧をまさぐってみると——硬いんですって。

その霧、まるでゴムボールを押したような弾力があったというんです。風の加減で錯覚しているのかなと思ったけど、どこを触っても硬い。手をあちこちに伸ばすと、うっすら球体のような輪郭も感じる。まさしく、巨大なゴムボールがすぐ脇にある、そんな感じだったというんです。でも主人にはちぎれた霧が広がっているようにしか見えない。どういうことだと思い、背後に「なあ」と問いかけた——次の直後。

ぼんッ。

音を立てて、さっき話しかけてきた友人が跳ね飛ばされたんですって。

霧に。

あっと叫ぶまもなく、友人は谷の底まで滑落していったそうです。すぐに下山して救助を要請したらしいんですが、残念ながら見つかったときには――。

主人は「あれは絶対、足を滑らせたとか飛び降りたとか、そんな動きじゃなかった。霧のゴムボールに弾き飛ばされたようにしか見えなかった」と言い張っていました。

「天気や獣に気をつけろといわれれば対処のしようもあるけど、得体の知れないモノなんて気をつけようがないだろう。だから、僕は山に二度と行きたくないんだ」

いつも静かな主人がひどく興奮した様子で主張するのが、なんだか印象的でした。結局それで山登りの話はお流れ。いちおう素直に従いましたけど、私としては新しい趣味を止められて、ちょっと残念でした。あ、主人には秘密ですよ。

山のこういう話って、けっこう多いものなんですかしらねえ。

邪魔稲荷

【日時／九月十七日・午前十一時五十分】

【話者／県内H市在住の四十代女性、日本画に興味があって来校したとのこと】


私の家は農家を営んでいるもので、庭が広いんですよ。

あ、庭と言っても、実際は「単なる敷地」と呼んだほうが正しいかもしれません。駐車場も兼ねている、だだっ広い地面です。ただ、それほどの広さにもかかわらず、来客が車を停める際や農機具を持ちだす場合には注意が必要でして。

敷地のどまんなかに木の祠《ほこら》があるんです。お稲荷《いなり》さまの祠が。

これにぶつからないよう、ちょっとだけ神経を使わなくてはいけないんですよ。

お稲荷さま自体は周囲の農家でも祀っています。ただ、たいていは庭の隅とか家の脇に置いていますね。あれほど邪魔な場所にあるのはウチだけだと思います。

え、理由ですか。

ウチのお稲荷さまね、「効きすぎる」んですよ。

祖母によれば、このお稲荷さまは死んだ祖父が祀りはじめたもので、当初は普通に敷地の端っこへ置かれていたみたいです。祖父は毎日祠を拝んでたらしいんですが、月に一度だけ妙なことを祖母に告げたんだそうで。

「今月は、何日に何人くるからな」

つまり、お稲荷さまに参拝客が来るというんです。ちゃんとした神社でもないのに参拝客というのも変な話なんですが――本当におかしいのは、そのあとの科白《せりふ》で。

「人数ぶん、ゆで卵と油揚《あぶらあげ》を用意しといてくれ」

変でしょ。お客さんをもてなすなら、お茶とかお菓子ですよね。

祖母も最初に聞いたときは「変だなあ」と思ったらしいんですが、昔ながらの亭主関白である祖父に口答えなんて許されない。なので言われるがまま、指示された人の数だけ油揚とゆで卵を皿に盛りつけたんだそうです。

ところが、雑用をこなすためにちょっと台所を離れて、数分後に戻ってみると。

ゆで卵と油揚が欠けていたというんです。

猫が齧《かじ》ったような、半円状の跡がついた状態で。

けれども家で猫なんて飼っていないし、鼠《ねずみ》にしては歯型が大きい。イタチみたいな野生動物だとしても、家に居たわけですから獣が侵入すればすぐにわかる。

「もしかして……この歯型の主が〝お客さん〟なのかしら」

気づいた瞬間、寒気がした――祖母はそのように教えてくれました。もっともそのあと、

「でも、何度となく続くうちに慣れちゃったわよ」と笑っていましたけどね。

ええ、そうなんです。毎月、ゆで卵と油揚には歯型が残っていたんだそうですよ。それも、祖父が「来るぞ」と告げた人数ぶん、きっちりと。

不思議ですよね。

ところが――奇妙な習慣は、突然終わりを告げちゃったんです。

祖父が親戚の勧誘を断りきれず、宗教団体に入信してしまったんですよ。現在でもかなり大きい、名前を聞けば誰でも「あれか」と頷く有名なところですよ。

彼らのやり口は、かなり強引だったみたいでね。神棚だろうが仏壇だろうが、家にある宗教的なものはすべて破棄させられるんですって。それも、自分の手で壊すよう強制するんだとか。ええ、ええ。もちろん、お稲荷さまも対象になったんです。

ある日、祖父は当の親戚に強制されて、庭からお稲荷さまを持ちだしました。祠を抱えて向かったのは近所の川。橋の上に着くと、親戚は「ここから落とせ」と命じたそうです。

けっして高い橋ではありませんが、それでも落下すれば祠は確実に壊れてしまう。さすがの祖父も躊躇したものの、親戚は「落とせ」と譲らない。結局、半ば脅されるような形で、祖父は祠を橋の下へと放り投げました。

数秒後、軽いものが砕けるような音が聞こえた直後——。

「いいいいいッ」

親戚が叫びながらその場にうずくまったんだそうです。

見れば、腕が縦に数センチざっくり裂け、流れる血で指先まで赤く染まっている。なにが起きたのかわからないまま祖父が近づくと、刃物のように鋭い木片が、親戚の腕に刺さっていたんですって。

それ——お稲荷さまの屋根だったんです。

砕けた破片が跳ねかえってきて、腕を切りつけたんですよ。

有り得ますか、そんなこと。

この一件がきっかけで、祖父は再びお稲荷さまを大事にするようになったんだとか。初代の祠は壊れてしまったので、いま置かれているのは二代目なんですけどね。

（私、それが敷地の中央へ祠を置いた理由なのかと問う）

ああ、それはまた別の話です。すいません、前振りが長くて。

さて、「祠の破壊事件」から数年後、噂を聞きつけ「お稲荷さまを分けてほしい」という親戚があらわれたんだそうです。東京に住んでいる男性でね、「新宿の土地を購入したので、家を建てる際にお稲荷さまを祀りたい」って話だったみたいで。

それで、祖父はお稲荷さまを親戚に分け与えたらしいんです。祠を譲ったわけではなくて、なかにいる「モノ」を分けてあげるんですって。良くはわかりませんけど、ヨーグルトの種菌みたいな感じなんでしょうかね。

ともかく、その親戚はたいへん喜んでお稲荷さまを持ち帰り——。

数ヶ月後に祟られて死んだそうです。

(叫ぶ私に)びっくりしますよね。私もはじめて聞いたとき「えっ、どうして祀ってあげたのに祟るの」って、大声で祖母に訊ねましたもん。

その親戚、陽があたらない家の裏側にお稲荷さまを祀っちゃったらしいんですね。祖父は「それが原因だろう」と祖母に答えたそうです。

「見えないところに放置されたもんで、ないがしろにされたと思ったんだな。ウチのお稲荷さまは効きめが強いぶん、怒ると大変なんだ」

自身も「効きめ」を体験している祖父は実感をこめてそう言うと、その日のうちに我が家の祠を敷地のまんなかに移したんだそうです。よほど怖かったんでしょうね。

それ以来、ウチのお稲荷さまは邪魔な場所に置かれているんですよ。

（私、親戚がどのように祟られたのかを訊ねる）

あ、その点については私も詳しく聞いていませんでした。そうだ、ちょうど祖母が家にいるんで確認してみましょうか。ちょっと待ってくださいね。

（話者、机の脇で携帯電話をいじりはじめる）

もしもし。私です。祖母《ばあ》ちゃんいるが。うん、うん。ちぇっと替わってけろ——あ、祖母ちゃんが。あのよ、前に新宿の[redacted]さんの話聞いだべした。あれってよ——

（数分後、通話を終えた話者がブース前に戻ってくる）

お待たせしました。

祖母も具体的には知らないんですって。「そんなもの詳しぐ聞いだらおっかないべ、ウチさもお稲荷さまあんのに」と言ってました。だから、詳細は不明なんですけど。

親戚ね——ひと晩じゅうゲラゲラ笑って窒息死したらしいです。

嬉しそうな声

【日時／九月十七日・午後十二時三十分】

【話者／福島県在住の三十代女性、在校生である息子の展示を見にきたとのこと】


私、ホームヘルパーとして何軒かのお宅を担当させてもらってるんです。

そのなかに[redacted]さんってお爺ちゃんの家があるんですけど、一週間に二度か三度、電話するんです。まあ、要は生存確認ですよね。[redacted]さん、奥さまを亡くされてから落ちこみがちなので、妙な気を起こさないようこまめに連絡するわけです。

会話自体は「お元気ですか」とか「寒くなってきましたねえ」とか他愛のないものなんですが――たまにね、別な人が会話に割りこんでくるんですよ。一瞬だけ。

「いまがらしにだいっていうじょおっ」

ひどく訛《なま》った女性の声で。受話器をもぎ取ったみたいな近さの声量で。

はじめて聞いたときは、そりゃあ驚きましたよ。だって彼の家にそんな女性なんていないんですもの。しかも、私が絶句した直後に[redacted]さんが「もう、死にたい」ってぼそりと呟いたんです。それで、さっきの言葉が「いまから〝死にたい〟って言うぞ」なんだと気がついて。

これまでに四、五回は聞きましたかね。毎回、その声のあとにきまって[redacted]さんが「死にたい」って言うんです。あんまりにも気味が悪いので上司に相談したんですが、

「その声、嬉しそうだった？」

淡々とした口調で、そう聞かれました。

「いや、別にそんな感じではなかったですけど」って答えたら「あきらかに喜んでる声色になったら教えてね。危ないから」と言われて。

その科白が、いちばん怖かったですよ。

いまのところ女性の口ぶりは変わっていないんですけど――そのうち、嬉しそうな声になるんですかね。あれ、誰なんでしょうね。

いいあてる

【日時／九月十七日・午後一時十分】
【話者／県内在住の四十代女性、家族で遊びに訪れたとのこと】

わたし、幽霊とかは信じないんですけれど――幽体離脱はあると思うんです。というかわたし自身が体験しているんですけど。

長男を産むとき、帝王切開だったもので全身麻酔をかけられたんですね。全麻って酸素マスクをあててから、点滴で睡眠薬を入れるんです。すぐに手足が冷たくなって、陣痛がやわらいで――普通はその時点で意識がなくなり、目ざめたときには〝はい、産まれましたよ〟になるらしいんですけど、わたしの場合は違ったんです。

見ているんですよ、わたしがわたしを。

手術室の天井から。

口に管を挿入されたり先生たちが長男を取りだしたりといった出産の一部始終を、監視カメラの映像みたいに俯瞰《ふかん》で眺めているんです。手術が終わってまもなく、下に引っ張られる感覚と同時に意識を取り戻しましたけど。

で、主治医の先生にいま起きたことを伝えたんですが「それね、単なる麻酔の影響だから」とあっさり言われたんです。「良くあることだよ」なんて興味がない感じで。その態度がちょっと頭にきて、思わず長男の体重を口にしたんですよ。看護師さんが体重を量っているところを天井から見ていたので「何千何百何十グラムですよね」と細かい数字まで正確に言ったんです。怒り気味に。

そしたら先生、「なんでよ」って驚いちゃって。青ざめた顔で「体重計は、あなたの位置から見えないでしょ」ですって。ま、たしかに手術台からは見えないんですけど、わたしがいたのは天井ですから。いや、あの脅えた表情は忘れられないですね。

そんなことがあったもので「幽体離脱だけは本当だ」と断言できるんです。ええ。

関山峠

【日時／九月十七日・午後二時ちょうど】

【話者／県内在住の六十代男性、イベント好きで、学祭があると聞きつけて来校】


忘れもしないよ。昭和三十五年、まだ子供のころの出来事だ。

その日俺は、配達員だった親父のトラックに乗って深夜の関山《せきやま》を走っていたんさ。そう、関山峠。山形から仙台に抜ける峠だよ。高速ができる前は、あそこがいちばん近かったんだわ。親父が急な配達を頼まれて仙台まで出かけることになってよ。でも俺だけ家に残すわけにもいかないんで、助手席に乗せて仙台に向かったんさ。

夜のドライブは子供心にちょっと楽しかったけど、その日はあいにくの大雨でね。フロントガラスってば滝を裏から覗いているような状態で、親父もおっかなびっくりハンドルを握っていたっけな。道も、いまよりずっと悪かったものね。

それでもどうにかこうにか仙台に着いて、無事に荷を渡した——その帰りだった。ちょうど県境あたりでトラックが停まったんさ。俺は助手席で眠りこけていたけども、さすがに異変を感じて目をさました。すると親父が、「どうすっかなあ」と言いながら頭を掻いているんさ。前のほうをまっすぐ睨みながらね。

その視線を追うと――フロントガラスの向こう、峠道の脇に人が立っているんだわ。大雨の所為《せい》ではっきりとは見えないけれども、二人組なのはわかった。それも女だ。まだ若い母親と五、六歳の娘が手をつないで、ヘッドライトに照らされているんだよ。

人里離れた峠、おまけに深夜で豪雨なんだぜ。そりゃあ怖いだろ。おっかないだろ。だから親父も「どうすっかなあ」だったんだろうな。

やがて、親父が助手席の俺をちらりと見た。助けを求めるような目だったけれど、こっちも子供だし、どうすりゃ良いかなんてわかんないよ。乗せようにもトラックは二人乗りだしさ。だもんでそのまま黙っていたら、親父がおもむろに窓を開けるなり「荷台に乗れ！」って母子に叫んだんだよ。あの人も親だもの、なにか思うところがあったのかもしれないね。

母子は無言でこっちに近づいてくると、助手席側を横切って荷台に向かったんさ。窓を雨が伝っていたんで顔はわからなかったな。髪と服がびしょ濡れだった所為か、母親も娘も異様に細く見えた。それがなんだか怖くて身を縮めた直後、トラックが、ずん、と沈んでさ。荷台に人が乗った証拠だわな。それを確認してから、親父は再びエンジンをかけたんさ。で、出発よ。

そのあと親父はずっと無言だったな。俺はいろいろ気になって、眠るどころじゃなかった。幌もない雨ざらしの荷台で母子は大丈夫かな。目的地を聞いてないけど良いのかな。そんなことを考えていたけれども、なぜか親父に訊く気にはなれなかった。荷台を確認できる小窓はあったけど、たしかめたくなかったしね。

峠を越えて天童《てんどう》市のあたりまでやってくると、雨はほとんど止んでいた。フロントガラスの水滴が、左右にどんどん飛ばされていったのを憶えてるよ。やがて赤信号で車が停まると、親父が大きく息を吐いてからドアを開けた。そこで俺も、追うように車外へ降りたんさ。

荷台は空っぽ、誰もいなかった。

途中で飛び降りるにしたって、ここまで一度も停まってないんだぜ。危ないだろう。

「どこにいったの」

俺がそう言うと同時に、親父は運転席に戻っちまってさ。家に到着するまで黙ったままだった。横顔がちょっと悲しそうに見えて、俺もそれ以上なにも言わなかった。

あの峠にお化けの噂があると知ったのは、ずいぶんあとになってからだった。女の幽霊が出るって話でさ、「乳飲《ちの》み子を抱えてる女だ」なんて言うヤツもいたっけ。俺が目撃した子供は五、六歳だから、その乳飲み子とは違うと思うんだけどね。

いまにして思えば、親父は噂を知っていたのかもしれないな。でも、だとしたら、なんでわざわざお化けを荷台に乗せたんだろうな。死ぬ前に聞いておけば良かったよ。

緑の家族

【日時／九月十七日・午後二時三十分】

【話者／宮城県在住の四十代女性、怪談売買所をめあてに来校とのこと】


一年だけ、家族写真の顔が緑になった時期がありまして。

どこで撮ってもなにを撮っても、夫や私、娘の顔が濃い緑色になるんです。最初はデジカメがおかしくなったのかなと思っていたんですけど、別なカメラで撮影しても、やっぱり緑になっちゃうんですよ。「変だねえ」なんて、家族で首を傾げてました。

離婚したとたん普通に戻ったんですけどね。

そしたら最近になって、別れた夫が捕まったんです。

殺人で。

交際相手を絞め殺したそうで、ウチにも警察がきたんですよ。「え、離婚した妻に事情を聞いてどうするの」って、ちょっと驚きました。

だから——あの緑色の家族写真、なんか関係があるんじゃないかと思って。

私は「夫に憑いている良くないモノが緑に写っていた」説、娘は「緑になった人が不幸になる」説で、「離婚しなかったら私たちが死んでいた」と主張しています。

そんなわけで、今日は専門家の意見を伺いたくてこちらに参りました。

ねえ、どっちだと思いますか。

五階

【日時／九月十七日・午後三時五分】

【話者／都内在住の三十代男性、本校の卒業生で大学祭にブースを出店】


僕が前に勤めていたデザイン会社の話なんですけど。

オフィスね、ちょっと古い貸しビルの八階にあったんですよ。当然エレベーターを使いますよね。で、ある日いつものように乗っていて「あれ」と思ったんです。

降りる階を押すボタンあるじゃないですか。そのボタンの五階部分にガムテープが何重にも貼られていて、ギッチギチに塞がれてるんです。軽くさわってみたんですが、あいだに厚紙の切れ端でも挟んでいるのかまったく押せないんです。「もし間違って押す人間がいても大丈夫だぞ」的な、強い意志を感じるんですよ。

僕、「そういや五階ってなんのテナントだっけな」と思って、エレベーターの壁面に貼られている各階の案内板を見たんです。そしたら、案内板もガムテープをベタベタ貼りつけて、五階だけ見えないようにしてあるんです。

それでますます気になっちゃって、昼休みに非常階段で五階まで降りてみたんです。まあ、結果的には防火扉が閉まって入れなかったんですけど——その防火扉が変でね。あらゆる隙間が、ガムテープでぴっちり目張りされているんです。

ダメでしょ。そんなことしたら、いざってとき開かないじゃないですか。「絶対におかしい」って確信は深まったんですけど、だからってガムテープを剥がすわけにもいかないし、いったん諦めたんですよ。仕事の納期も迫っていたので。

そしたら——半年くらいあとだったかなあ。うちのビルで水漏れが発生したんです。屋上の貯水タンクから各階に続く配水管のどこかが壊れたらしくて、天井が濡れたりトイレが流れなくなったり、いろいろ不具合が起こっちゃって。それで水道屋さんが各階を検査することになったんです。

「よっしゃ、五階に入りこめる絶好のチャンスだ」と内心でガッツポーズしました。

それで僕、打ち合わせに出かけるふりをして五階まで降りたんです。待っていれば検査に来るだろうから、そのとき覗いてやろうと考えて。ところが水道屋さん、全然姿を見せないんですよ。避けてるのかと思うくらい、五階に来る気配がないんです。

そのうち、三十分くらい経っちゃって。

嘘ついてオフィスを抜けてきてますから、あまり長居するわけにもいかないでしょ。あと十分待っても来なかったら諦めよう、あとで水道屋さんに「五階ってどんなでしたか」って聞こうと思って。そしたら僕、気が抜けたのか欠伸《あくび》が出ちゃったんですよ。「ああ」って。するとね——。

「あぁあぁあ」

こっちを真似るような声が聞こえたんです。

防火扉の向こうから。

普通、そんなのダッシュで逃げるじゃないですか。でも人って予測しない状況に陥るとパニクるんですね。僕、なぜか「バレないように、なるべく靴音を立てないで逃げなきゃ」って考えちゃって、ゆっくりゆっくり階段をのぼりはじめたんですよ。そしたら、扉の奥から、また声がして。

「たすけて、たすけてたすけてたすけて、たすけて、うそだよ」

最後の「うそだよ」で、腕にバババババッって鳥肌が立ちました。そのあとはもう、オフィスに猛ダッシュですよ。本当は社員に言いたかったんですけど黙ってました。だって、嘘ついたのがバレたら怒られるじゃないですか。

結局その会社は辞めちゃって。あ、退職理由はこの件と全然関係ないんですけど。ただ、そんなわけで五階の謎はそのままなんです。いまも気になってるんですよねえ。

貸しビル自体はいまもあるはずなんですが――あ、そうだ。

(話者、机に置いた私のノートにペンを走らせる。書いたのは都心の住所)

ここなんですが――もし良かったら今度一緒に行ってみませんか、ねえ。ねえ。

検索結果

【日時／九月十七日・午後三時二十分】

【話者／二十代女性、年齢性別以外の詳細は伏せてほしいとのこと】


うちの父親、こないだスマホの機種変したんですよ。

あんまりそういうのに興味ない人だったから、驚いて「どうしたん」って聞いたら「これ使うの、もう怖いんだよ」って、前の月に起こった話を教えてくれたんです。

父の仕事は病院の機器メンテナンスで、おもに手術台まわりの修理を請け負って、いろんなところに出張するんです。医療機器って一回ちゃんと点検すれば、しばらく大丈夫らしいんです。でも、なかには何度直しても壊れちゃう病院もあるみたいで。S市の[redacted]（筆者注：施設名は伏す）なんですけども。

いままで何度も修理していて、そのたび病院の職員も立ち会って「大丈夫です」と確認しているのに、すぐにどこかが壊れるんですって。しかも、普通に使っていればこんな壊れ方はしないって状態らしくて。金属の太い柱が曲がるとか、液晶の画面が内側から押されたみたいに割れちゃってるとか、毎回エグいらしいんです。

それである日、その病院へ何度目かの修理に行ったそうなんですよ。同僚の男性とふたりで。ところが一、二時間くらいで済む予定だったのに、あっちが直ったら別なところが壊れて、そっちが良くなったら今度はまた前のところがおかしくなって——結局、修理に五時間もかかっちゃったんだそうです。

父と同僚は次の用事をこなすため、修理が終わってすぐに駐車場へ戻ると、慌てて車を発進させたんですって。そしたら、走りだしてまもなく——。

《みつかりませんでした》

女の人が喋ったんですって。

父と同僚しか乗ってないのに。

「えっ、なんだ」と驚いて、ふたりで声の聞こえるあたりを探したら、助手席の下に父のスマホが転がってて。音声検索のアシスタント——質問を喋ると、いろいろ検索してくれる機能のやつ、ありますよね。あれが起動していたらしいんですよ。女性の声はそれだったんです。

画面を見ると、言ってないはずの質問が表示されていて。それが——。

「[redacted]病院　気持ち悪い」

でも、病院の名前なんて一度も喋ってないし、シートの下にあったから文字なんて打てないし、そもそもアシスタント機能も起動していないわけで。

それでお父さん、もうそのスマホ持ってるのが怖すぎて、機種変したんですって。私はスマホが原因じゃないと思うんですけど、なんかもう理屈じゃないらしくて。

「具合が悪くなっても、あそこの病院は行かないほうが良い。絶対なんかあるよ」

いつもは心霊系の話なんて絶対にしない父が真顔でそんなこと言うから「ヤバい、ガチじゃん」って本気で怖かったです。こういう話、本当にあるんですね。

おかえり

【日時／九月十七日・午後三時四十五分】

【話者／県内在住の三十代女性、大学祭ステージの演奏を聴きに来校とのこと】


四年ほど前に祖母が亡くなったんです。

仕事中に母から「いま、病院で息を引き取ったよ」と連絡を受けて、すぐに病院へ駆けつけようとしたんですが、母が「まもなく一緒に帰るから、祖母《ばあ》ちゃんの部屋を片づけて、迎え入れる準備をしといてちょうだい」と言われたので、早退して自宅に戻り、要らないものを脇に寄せたり布団を敷いたりしていたんですよ。すると、

「おかえりぃッ」

玄関先で男の人の叫び声がして。

あ、葬儀屋さんが来たなと立ちあがった瞬間、おかしいなと。

帰ってきたなら「ただいま」ですよね。「おかえり」は家にいる人の科白ですよね。

しかも、葬儀屋さんなら「こんにちは」とか「ごめんください」じゃないですか。

なんでと思った直後、玄関の引き戸がガラガラッと開いて、泣き腫らした顔の母が冷たくなった祖母ちゃんと一緒に戻ってきたんです。

そのときは聞くどころじゃないので放置していたんですが、葬儀のあとで「実は、声がね」と母に言ったら「あっ、死んだ祖父ちゃんだ」ってまた涙ぐんで。「たぶん、祖母ちゃん帰ってくるの心待ちにしてたんだよ。だから、遺体が着く前にうっかり叫んじゃったんだね」

祖父は私が物心つく前に死んでいるんです。だから、ひとことだけでも祖父の声を聞けたのは――ちょっと嬉しかったですよ。変ですかね。変ですよね。

にくおくん

【日時／九月十七日・午後四時二十分】

【話者／県内在住の七歳の女の子、家族と一緒に来校とのこと】


あのね――やっぱ、いいです。

（話者、母親の背後に隠れるも「お話してごらん」と促され、パイプ椅子に座る）

あの、わたしは[redacted]小学校の三年二組です。前は二年二組でした。

二年二組には「にくおくん」が出ます。

（話者の母親、「〝二組の弟〟が略された名前らしいです」と補足）

「にくおくん」はお化けだって、男の子は言ってます。カズユキくんとヒロくんは、どっちが早く教室に来るか競争してるんですけど、だから朝すごく早いんですけど、ヒロくんが誰もいないはずの二組についたら、保育園くらいの男の子が教室にいて、その子がみんなの机を順番に叩いてたと言ってました。

それで、ヒロくんは「お前、誰かの弟か?」って聞いたと言ってました。でも男の子は返事をしないで机を叩いてて、それから教室の外に走っていったと言ってました。ヒロくんは、小さい子なので危ないと思ってすぐ追いかけたら、教室を出たところでようやく教室に来たカズユキくんと会って「いま、小さい子がいたでしょ」と言ったけど、カズユキくんは「見てない」と言って。

（母親、「教室を出ると長い廊下なんで、見失うことはないと思います」と補足）

でも、ふたりで教室に戻ったら、全部の机にちいさい手形がちゃんと残っていて。だから嘘じゃないんだってヒロユキくんも思って、職員室に行って先生に「男の子がいたので、危ないと思います」って教えて、先生も一緒に校内を探したんですけど、見つからなくて。でも机の手形はずっと残ってました。わたしはもう三年生なので、二年二組に入れないんですけど、二年生の子に聞いたら「まだある」と言ってました。でも、そのあとでもミユキちゃんが会ったし、いまの二年生の子もふたり見たので、「にくおくん」はまだ学校にいると思います。

（私が「にくおくん」はどのような容姿か訊ねると、話者の女子が俯いてしまった。母親が顔を寄せ、彼女のささやきを聞き取ってからこちらへ向きなおる）

あの——娘によれば「にくおくん」、さっきまであなたの背後にいたそうなんです。睨《にら》んでいる目が怖くて、最初は話すのを躊躇ったんだと言ってます。
（私、背後を確認するも人の姿はない。百円を渡す前に親子は立ち去ってしまう）

ねずみ

【日時／九月十七日・午後五時十分】
【話者／新庄市在住の四十代男性、カメラが趣味で大学祭を撮影しに来たとのこと】

私、若いころ下高井戸のアパートに住んでいましてね。ちょっと強い風だと建物が揺れるような安普請だったんですけど、家賃につられて二年くらい住んでいたんです。でも、ある出来事をきっかけに引っ越しまして。

仕事明けの深夜に、腹が減ったのでカップラーメンを食おうとしたんです。容器にお湯を入れて蓋をして、できあがるのを待っていたら——ぼごんっ、って黒い物体が天井からコタツの上に落下してきたんですよ。

黒い物体、ねずみでした。

巨大なねずみが天板で仰向けになったまま、苦しそうに身体をよじっているんです。金切り声をあげながら、ミミズみたいに長い尻尾を左右に動かし続けているんです。その大きさと荒々しさに、なんかもう驚いちゃいました。私、生まれが秋田で中学のときに新庄へ転校した根っからの雪国育ちなんです。だから、そんな間近でねずみを見るなんて人生初だったんです。

幸いカップラーメンには直撃しなかったんですが、コタツの上には居るわけです。身悶えているわけです。そのまま放置しておけないけど、素手で掴むのはおっかないでしょ。一刻も早く処理しないと、カップラーメンが伸びちゃうし。

私、コンビニの袋を取りに台所へ走りました。ゴミ入れにしようと結んで保存していた袋をほどいて、手袋の要領ではめたんです。これで直に触れなくて済むと思って。それで居間に戻ったら——ねずみ、死んでるんです。

いや、死んでいるのは理解できるんですよ。病気なのか、落ちたはずみで怪我でもしたのか知らないけど、苦しんでいたし。ただね——。

腐っているんですよ。

毛がびしょびしょになって、溶けぎみの肉が見えているんですよ。

においも、さっきまでとは比べものにならないほどキツくて。眼球もしぼんでいて。あきらかに死んで数日が経った腐乱死体なんです。

私がコタツを離れた時間、一分もないんですよ。そのあいだにそこまで腐るなんておかしいですよね。でも、考えても仕方がないので、手にはめたままのコンビニ袋で、腐ったねずみを取り除いて、カップラーメンも食欲が失せたので捨てちゃいました。

引っ越したのはその翌月です。ねずみがいるってのも厭でしたが、理屈にならない出来事を体験したのが、本当に怖かったんですよね。東京の水も合わなかったのか、それから一年ほどで都落ちしちゃいました。まあ、ねずみが居ないだけでも最高です。

しかし、あのねずみはなんで腐っていたんでしょうねえ。

西川町奇譚

【日時／九月十七日・午後六時三十分】

【話者／山形市在住の七十代男性、本校の夜間警備員で巡回中とのこと】


すいません。七時で閉館になりますんで、帰り支度をお願いしますね。

（私のブースをしばらく見つめてから）

あんた――何屋さんだや。

え、怪談を買う。怪談てば、怖い話かや。それを買う。百円で。ふうん、やっぱりここの学生さんは変わってんなあ――あ、卒業生。どっちにしても変わってんなあ。

俺？　不思議な話？

あるよ。

西川町《にしかわまち》って知っててっかや。そうそう、出羽三山《でわさんざん》のふもとの町。俺、あそこの生まれなんだわ。西川はそういう話がいっぱいあったっけな。俺もちょいちょい見たもの。

聞きたい？　んだが。

子供のころは、風呂をもらいに親戚の家へしょっちゅう行ったんだわ。昔は風呂のないウチなんて珍しくなくての。それで、俺もわざわざ親戚の家まで行ってたんだ。もらい湯だもの、その家の人が使ったあとしか入れねくての。自分のウチに風呂場ができて一番風呂に入ったときは、そりゃ感激したもんだ。

ほんでよ、その日も風呂からあがって帰るころには、すっかり暗くなっていての。俺は夜道をひとりきりで、とぼとぼ歩いてたんだわ。

ほしたら握り拳くらいの白い光が、一軒の家の前に、ぽ、ぽ、ってふたつ点いてよ。ひょうっ、ひょうっ、って飛ぶんだ。低いところを。俺は最初、その家の人が両膝に懐中電灯を結びつけて歩いてるんだと思ったのよ。そのくらいの高さだったんだもの。ところが近づいても人の姿がどこにもないのさ。そこで「あっ、これは人魂なんじゃねえか」と驚いての、小走りで家まで帰ったのよ。

ほしたら、翌日になって仰天だわ。

そこの旦那、胡桃《くるみ》の殻踏みしてる最中に転んで頭打って、亡くなったってんだから。胡桃の上に板敷いて踏むと割れるんだ。それやってて滑ったんだな。しかも、死んだ時間がちょうど俺が人魂を見たあたりって言うんだもの。おかげで、風呂をもらいに行くのがしばらく怖かったわ。縁の下にいそうな気がしてよ。

西川ではよ、「死んだ人は四十九日が過ぎるまで縁の下にいる」って教わるのさ。だから、死んだ旦那が縁の下からこっちを見てるんじゃねえかと思ったんだ。なんだかんだ理由つけて風呂入らねえで、しこたま叱られたっけな。

まあ、こんな話で良ければ、たくさんあるけどよ。

ほかの話も聞きたい？　んだが。

あれは——平成になりたてか、もうすこし前だったかもしんねえな。

北山って集落に、Mさんって男の人が住んでたんだわ。立派な人でよ、家に近所の子供たち呼んでは勉強教えてたんだ。塾なんてなかったからな。俺も「Mさんひとりじゃ大変だべ」と先生の真似事を手伝ったんだけど、まず大変だったな。

都会の子供と違ってこのへんの子はすぐ飽きるんだ、勉強。お喋りがはじまったり、喧嘩したりよ。そうすると、Mさんや俺がおもしれえ話聞かせてなだめるんだわ。

その日も子供たちがあんまり騒ぐもんで、俺は、お化けの話を語ってやったのよ。ほら、あんたと一緒だ。怪談だ。なに喋ったかは忘れたなあ。とにかくお化けだわ。けっこう夢中になって話したんだ。ははは。

ふと気がついたら——戸口のあたりに白髪のばあちゃんが立っててな。ニコニコ笑いながらこっちを見てんのよ。いかにも昔の人の、木彫りみてえな肌だった。野良仕事ばっかしてると、ああいう肌になるんだ。当時はもうそういう人も珍しかったから、ちょっと驚いたんだわ。

ほんで、俺は手伝いの人だと思ってよ。Mさんの家族だったら全員知ってっけど、ばあちゃんなんて見ねかったもの。「他所《よそ》の集落から手伝いにきた親戚だべがな」と思ってたんだ。ちょっと目ェ離したら、もう姿が見えなかったしな。

ほしたら仰天よ。塾が終わってMさんに「あの人、誰だ」って聞いたら、「あ、それはたぶん死んだ祖母ちゃんだな」

そう言うんだもの。

俺が見た女の人、髪の色から目鼻の感じまでMさんの祖母そっくりだっつうのよ。でもよ、当の祖母ちゃんは何年も前に亡くなったっつうのよ。

「にぎやかな家が懐かしくて、様子を見にきたんでねえか」

Mさんは笑ってたけど、俺はなんだか違う気がしたな。でも、まさか「お化けの話したからお化けが出てきたんでないか」とも言えねえもんで、「んだな」と答えたよ。

うん、見たのはその一度きりだ。だって、それからは子供たちが騒いでもお化けの話を絶対にしなかったもの、俺。だからもう出なかったんだと思うよ。

ま、西川にはこういう話がいっぱいあったんだ。昔はな。

狂い狐

【日時／九月十七日・午後六時五十分】

【話者／先ほどの夜間警備員の男性。撤収している私のもとに再訪】


もうひとつ思いだしたんだけど――聞くかや。んだが。

昭和三十年ころの出来事だったなあ。

西川は昔、鉱山町での。銅や亜鉛《あえん》、金まで採れたんだわ。西旭《にしみ》だの見立《みたて》だの幾つも山があってよ。集落の男たちはみな鉱山で働くのがあたりまえだったんだ。

俺の集落はおもしろくてよ。「番」が決まってんだ。「番」ってのは順番の番よ。「一の番」は朝から昼まで、「二の番」は昼から夜まで、「三の番」は夜から朝まで採掘に出かけるのよ。三交代制ってやつだ。「一の番」が帰ってきたら「二の番」が山に向かう。「二の番」が戻ったら「三の番」が掘りに行くんだな。

ほしたらある日、「三の番」の男が朝になっても帰ってこねえのよ。

交替の時間なんてとっくに過ぎてるんだわ。山から集落までは一本道で迷うはずがねえんだけど、待ってても仕方ねえから何人かで探しに行ったんだと。

そうすっと、鉱山へ行く途中の野っ原から「おうい」「おうい」って声がするんだ。「誰だ」と草を掻きわけて近づいたらよ――「三の番」の男が、野っ原をぐるぐると歩いてんだと。手の甲も顔もススキで傷だらけでよ、呼びかけても全然止まる気配がねえ。さんざん頬を叩かれてようやく我にかえったら、こんな話をしたんだと。

「仕事を終えて、まだ暗いなかを歩いていると道の先に提灯《ちょうちん》が見えての。提灯なんていまどき珍しいなあと思い、〝おうい〟と提灯に呼びかけて追いかけた。ところが、いつまで経っても追いつかねえ。おかしいと思いながら呼び続けて、歩き続けて――気がついたら野っ原にいたんだ」

それを聞いて、みんな――どうしたと思う。

笑ったのよ。

「そらお前、狐《きつね》に化かされたんだべや」

「マザワ（筆者注：町内の地名）の狐は惚《ぼ》けた人間を見つけると、からかうんだ」

「気をつけろよ。マザワの狐はしつこいから、そのうちまた化かされっぞ」

いやあ、そこにいた全員があんまり笑うもんで、男てば怒ってしまってよ。

「狐が化かすなんてことがあるか。疲れて道を間違えただけだ。二度とねえ」

男はすっかり不貞腐《ふてくさ》れての。むっつりしたまま村に帰って、家で飯食って、夜まで寝て、また「三の番」に行って——翌朝も帰ってこなかったんだと。

「やれやれ、またやられたか」と呆れながら、しぶしぶ昨日とおなじ野っ原へ探しに行ったんだ。けれども今度は姿が見えねえ。んだれば、どこにいるべと思っていたら——笑い声がするんだと。墓のほうで。

昔の墓は、寺でなく山のなかにあってよ、んだから墓参りは山登りだったんだわ。その、山肌にある墓のあたりで笑う声が聞こえたってんだもの。なんだって思うべ。ほして、駆けつけてみればよ——やっぱり「三の番」の男よ。

墓地のまんなかで草むらにあぐらかいてよ、誰もいねえところに話しかけながら、げたげた笑ってんだと。おまけに、ふちが欠けた湯のみ茶碗で雨水だか泥水だかもわからねえもんをがぶがぶ飲んでんだと。

思いきり頬を叩いたれば、男がハッと正気に戻っての。

「今夜は化かされねえぞと思いながら夜道を歩いていると、途中で隣家の男に会った。〝昨日は大変だったなあ、帰ったら精進落としに一杯やるべ〟と誘われたので、そのままそいつの家に向かい、談笑しながら酒を酌み交わしていた……と思ったら、墓だった」

いや、みんな笑った笑った。

今度はさすがに男も怒るどころでなかったみたいでよ、山の管理会社に掛けあって「三の番」から「一の番」に替えてもらったんだと。

こんな話、昔の西川には山ほどあったんだよ。珍しくもなんともなかったんだ。

（私、現在は狐に化かされた話はないのかと問う）

いや、もう無理だ。山がねえもの。

昭和三十八年に鉱山は閉じたんだわ。採る量も減ってしまっての、閉山よ。

あれは、ちょうど山を閉じる前の日だっけなあ。集落のみんなで、夕暮れの鉱山を眺めておったのよ。「明日で最後だね」なんて、しんみりしてよ。

ほしたら、ひとりのおっ母《かあ》が「あっ」と叫んでの。みんなで見たれば、仰天よ。

山の頂から狐火が六つも七つも、すい、すいい、って他所の峰に散っていくんだ。打ち上げ花火が上にふらふら昇るべ。あれを横にしたような動きでよ。綺麗なんだ。消えるまで一分もなかったよ。

考えてみれば、狐に化かされたって話もあの日を境に聞かなくなったもんなあ。

たぶん、そういうことなんだべなあ。
どれ——んだらば、そろそろ帰り支度してください。

おちる

【日時／九月十七日・午後七時五分】

警備員の男性を見送るや、私は大急ぎで片づけの続きをはじめた。出展者の大半はすでに撤収している。焦りつつ看板や小道具を箱に詰め、長机やパイプ椅子をたたむ。十分ほどでなんとか作業を終えて安堵の息を吐いた直後、「あの」と話しかけられた。振りかえれば、女性――子供靴を拾ってくれたレジン細工の卒業生が立っている。

あの――おつかれさまです。

ええと、あのあとも何度か拾ったんですよ、靴。ええ、何度も落ちてました。机の脇に転がっているのを、そっと戻しておいたんです。お客さんとの話に夢中で、全然気づいてなかったみたいなんで。

（詫びる私に、彼女が勢いよくかぶりを振る）

あ、違うんです違うんです。迷惑だったとかそういう話じゃないんです。

なんで——落ちるんですか。

なにかにぶつかった様子もないし、机がぐらついているようにも見えなかったし。で、ブースの内容が内容でしょ。もしかして「仕込み」なのかな、そういう仕掛けがほどこされた靴なのかなと思って、最後にそれを聞こうと待っていたんです。

あの子供靴、なんですか。

意外な科白に戸惑いつつ、こちらが持参したものではない旨を告げて「念のために確認してみますか」と促した。頷く彼女を手招き、物品を詰めたばかりの箱をあさる。

けれど、あの靴はどこにも見あたらなかった。そういえば入れた記憶もない。

「ない」と言ったきり黙る私を見て、これも仕掛けの一環だと思ったのか、それともなにかを感じとったのか、卒業生が「あの、もう良いです」と足早に去っていく。

薄暗いホールに取り残されたまま、私は遠ざかる彼女の背を見送った。

その靴音が二重に聞こえたのは、気の所為だったのだろうか。

怪談売買録・弐

【日時】二〇一八年十月七日

【場所】東北芸術工科大学・学生会館一階

あげる

【日時／十月七日・午前九時二十五分】
【話者／県内在住の五十代男性、若い人が好きで学祭を見に来たとのこと】

俺さ、二十二歳のときは都会人だったんだぜ。そう、東京に住んでたの。都内の大学を卒業したは良いけれど、就職もせずブラブラしてたんだよ。新宿とか池袋の雀荘をほっつき歩いててさ。なんとなく、山形の実家に帰りたくなかったんだ。

そういう生活してたから、あんな目に遭ったのかなあ。

横断歩道で信号待ちしてたんだよ。で、青になったから渡ろうと思った次の瞬間、「あげるうっ」と、後ろから両肩を思いきり叩かれてさ。頑張れよ、みたいな調子で。

そしたら首を吊ってたんだよ、俺。

あ、ごめんごめん。説明が雑だったね。肩を叩かれた瞬間、意識がなくなったのよ。いや――これもちょっと違うな。つまり、知らない人間に後ろから「あげる」と肩を叩かれて「誰だ」と思った直後、テレビみたいに視界がパッと変わったんだわ。

薄暗い小屋にいてね。あとで、長野のリンゴ園の農機具小屋だとわかったんだけど。そこで俺、木箱に乗っかって梁に縄引っかけて、輪っか作って、頭を突っこんでたの。あと一歩気づくのが遅かったらお陀仏だったよね。

いやいや、もちろん自殺する予定なんてなかったよ。そもそも長野に一度も行ったことないんだし。どうやってそこまで来たのかも、なんで農機具小屋を選んだのかも、全然わかんないの。原因があるとすれば、あの「あげる」って声なんだろうけどさ、誰かに言っても「ノイローゼです」で終わりそうじゃない。俺ならそう思うもの。

だから三十年、ずっと黙っててさ。今日はじめてこの話をしたんだよ。

しかし——あげるって、なにを俺にくれたんだろうなあ。

五人目

【日時／十月七日・午前九時五十分】

【話者／宮城県在住の二十代女性、学祭出演の芸人を見に来たとのこと】


中学二年生のとき、ちょっと変な事件があって。

うちの学校、クラス対抗の合唱コンクールが毎年あるんですね。私のクラスは前の年に準優勝だったので「今年こそ優勝だ」と全員が意気ごんでいたんです。

本番当日、講堂で合唱コンクールが始まって、ほかのクラスが次々に出番を終えて。自分たちの順番がせまってきたので、私たちはステージ袖の、ちいさい部屋みたいなスペースに待機していました。ところが、いよいよ次が出番だ——ってタイミングでハプニングが起こったんです。

女子のひとりが突然、声をあげて泣きだしたんですよ。

同級生が「具合悪いの?」とか「緊張してきた?」なんて訊いたんですが、彼女はなにも答えず、ぼろぼろ泣いたまま、自分の脇にある壁を指しているんです。でも、そこには大鏡があるだけなんです。それで、同級生のひとりが首を捻りながら「鏡がどうしたのさ」って聞いた途端、嗚咽がいちだんと激しくなって、ついにはその場にしゃがみこんでしまって。仕方なく副担任の先生がその子に付き添い、私たちは彼女なしで『空駆ける天馬』を歌いました。

結果は——四位。残念でした。でも、問題はそこじゃないんです。

帰りの会のときに、泣いていた女の子が「迷惑かけてすいません」と謝ってから、どうして泣きだしたかを説明しはじめたんです。

「出番を待っていたら、ちょうど自分が立っている位置の脇に大鏡があって、反対に姿見が置いてあったんです。それが向かい合ってて、ちょうど合わせ鏡になっていて。自分の姿がずっと奥まで連続している。〝へえ、面白い〟と思ってそれをなにげなく見ていたら、大鏡に映っている私の〈ひとり〉だけが、こっちに手を振ったんです。それにびっくりしちゃいました。本当に、すいませんでした」

いやあ、教室は白けた空気でしたよ。正直に言えばみんな「嘘だ」と思ったんです。すくなくとも私は「もっとマシな言いわけ考えなよ」と、全然信じていませんでした。

ところが——話を聞き終えた担任の先生が、しばらく考えこんでから。

「手を振ったの、手前から五人目でしょ」

ぽつりと言って。その科白に女の子がまた泣きだして。もう教室は大騒ぎでした。ほかの女子も泣くし、男子は「幽霊狩りだ！」とか興奮するし。最終的には父兄への説明会が開かれるほどの騒動になったはずです。

翌年から合唱コンクールは、出番になったら椅子からそのままステージへまっすぐ向かう形式に変更されました。たぶん、あの事件が関係しているんだと思います。

それにしても、先生はなぜ「五人目」だと知っていたんでしょうね。

性分

【日時／十月七日・午前十時三十分】
【話者／県内在住の三十代女性、学生の同人誌を求めて来校】

十年ほど前、祖母が亡くなったんですけども。
彼女はすごい働き者で――いや、せっかちと言うほうが正しいかな。朝起きてから布団に入るまで止まっている瞬間がないんですよ。亡くなった当日も、料理してたと思ったら急に年賀状の宛名書きをはじめて、その途中で庭の植木に水やりをしようとホースを伸ばしている最中に倒れて、そのまま。
遺されたのは作りかけの料理と書きかけの年賀状と、伸ばしっぱなしのホースで。葬式では「祖母ちゃんらしいね」ってみんな笑ってました。
それで――初盆を控えた夏の午後、うちの母親が茶の間で昼寝してたんですって。そしたら突然襖が開いて、祖母が、どかどかどかっ、と足を踏み鳴らしながら入ってきたらしいんです。「なに、なに」と母が狼狽えているうち、祖母は居間の中央あたりまでやってきたんですが、ふとなにかを思いだしたような顔をすると、早足で居間を出ていったんですって。襖も閉めずに。

その晩、母から話を聞いた家族は全員「祖母ちゃんらしいなあ」と爆笑しました。

「あいかわらずせかせかしてるんだなあ」

「そもそもお盆にはまだ早いでしょ。なんでそんなにせっかちなの」

あの世に行っても性分は変わらないのねと、なんだか和んだ一夜でした。

あそこのコンビニ

【日時／十月七日・午前十時五十五分】

【話者／県内Y町在住の三十代男性、学生デザインのTシャツを購入しに来校】


オレ、数年前にコンビニでバイトしてたんですよ。

Y町の十字路にある[redacted]（筆者注：具体的な店名につき伏す）、知ってますか。

時給がほかの店より良いからって理由で面接受けたんですけど、それを知りあいに言ったら「え、あそこのコンビニかよ」とドン引きされちゃって。

そうなんです。その店、「出る」って超有名だったんですよ。

でも面接は受かっちゃったんで、しぶしぶ勤めることになって。そしたらバイトの初日に先輩店員が「あのさ、知ってて来たの？」って真顔で訊くんですね。

「前の店長は精神がおかしくなっちゃって辞任。店のオーナーは心臓発作を起こしてバックヤードで死んだんだ。あんまり長居しないほうが良いよ」

初日にそれ言うかよと思いましたけど、正直あまりビビってはいなかったんです。だって店内が明るいじゃないですか。お化けが出ても別に怖くねえしと思って。ええ。で——半年くらい経ったときだったかなあ。深夜に届いた品物を検品して陳列する「品出し」をしていたんですよ。うちの店、品出しの際は入り口の自動ドアへ背中を向ける形になるんですね。なので、入店チャイムが鳴ったら入り口を確認するクセがつくんです。タバコ買いにまっすぐレジまで来るお客さんも多いんで。

そんで、入店チャイムが鳴ったんです。振りかえると、赤ちゃんを抱いた若い女の人が立ってて、店の奥にある冷食の棚に向かったんですよ。

「深夜にあんな小さい子を連れて大変だな」と思いつつ、品出しを進めていたんですけど、三分くらい経ったころ、女の人がレジの前に立ったんですよ。慌てて品出しを中断してレジに走ったら——いないんです。

抱いてたはずの赤ん坊、どこにもいないんです。

その瞬間、辞めようと決意しました。いやいや、ギブですよギブ。店が明るくても怖いものは怖いじゃんって気づいちゃいましたから。翌週に退職しました。

その店には、いまも客としてたまに行きますよ。でも、ちょっと妙でね。バイトはころころ変わるんですが——最初に忠告された先輩店員だけ、まだいるんですよね。

ゔえん

【日時／十月七日・午前十一時十五分】
【話者／県内Y町在住の六十代女性、大学祭ステージに知人が出演するので来校】

昭和五十三年の話です。

私、夕方に自分の部屋でウトウトしていたんですよ。たしか、ラジオを聴いていてそのまま寝ちゃったんだったかな。とにかく、半睡眠みたいな状態だったんですが、バイクがうるさくて目が覚めたんです。

ぶいん、ぶいいん、ってバイクを噴かす音が前の道路から聞こえているんですよ。当時は暴走族が流行していて、私の住むY町にもヤンチャな若者が多かったんですね。私は「どこの子だろう、あまり続くようなら警察に連絡しなきゃ」って怒りながら、バイクの音を聞いていたんですが――途中で「違う」と気がついて。

声なんですよ。ゔえん、ゔえん、って誰かがお経みたいな言葉を唱えているんです。

しかも、ひとりじゃなくて総勢十人くらいが唸ってるんです。その声が、だんだんと近づいてきて、私の部屋の窓のすぐそばで聞こえているんです。

有り得ないんですよ。だって私の部屋、四階なんですもの。

身を強張らせているうちに、声の群れはゆっくりゆっくり通過していきました。

その日はラジオを消して布団に潜り「なにかの聞き間違いだ」と思いながら早々に寝たんですが——翌朝、新聞を見てもうビックリですよ。

前夜、Y町で爆発事故が起こっていたんです。トンネル工事の現場でメタンガスに火が点いて坑内で爆発、十名近い人が死んだ——と書かれているんです。

記事を読み終えた瞬間、ゾッとしました。

あの「うえん」って声——「無念」と言っていたんじゃないのかと思って。しかも死んだ人の数と私が聞いた声の数、ほぼ一緒なんですよね。

いまでもたまに、あの不思議な夜の声を思いだします。

逆走

【日時／十月七日・午前十一時四十分】

【話者／山形市在住の二十代女性、本校の学生で課題を提出しに来たとのこと】


先週の話なんですけど。ええ、ついこないだの出来事です。

私のアパート、山に近いんですよ。車もすくないしコンビニとかお店も全然ないし。それが気に入って借りたんですけど。雑念が入らず創作に打ちこめるなと思って。

でも、部屋が東向きなので昼間の熱が残っちゃうんですよ。だから夜はベランダで涼みがてら、いろいろ考えるんです。市街地だと治安上アウトですけど、山なんで。

先週もね、お風呂あがりにベランダでぼんやりしてたんです。「蝉の声がしないな、もう死んじゃったのかな」なんて、しんみりしつつ。

そしたら——音が聞こえるんです。気合い入れて自転車を漕いでいるような、車輪っぽい音が山と逆方向、緩い坂道の下から近づいてくるんです。

私、弱ペダが好きなんですよ。あ、『弱虫ペダル』って自転車ものの漫画のことです。

だから、ロードバイクとか大好物なんで、「お、自転車か」ってワクワクしながら坂を見ていたら――来たんです。

カートが。

お婆ちゃんが使うような手押しのカートが、坂道を猛スピードで登ってきたんです。もちろん人なんていません。カートだけが自動車みたいに、かあああああっ、って。山から下ってきたならまだわかりますけど、逆って有り得なくないですか。

そんで私、すぐ部屋に戻ったんですよ。あ、逃げたわけじゃなくてスマホを取りに行ったんです。「写真をアップしなきゃ」と思って。怖いとかは考えませんでしたね。そしたら、スマホを充電ケーブルから抜いた途端、車輪の音が止まったんです。

「あれ、通過しちゃったのかな」と思ってベランダに戻ろうとしたら――。

いるんです。ちょうど私のアパートに入る小道の前に、ぴたっと止まっているんです。

「あ、撮ったら駄目なヤツだ」と察して、そのままベランダのガラス戸を閉めました。

びっくりしたのは、翌日に学食でその話をしていたら「あたしもそのカート見た！」って同級生がいて。だから――どうも、この周辺をうろついてるみたいなんですよ。

そういうお化けっているんですかね。あれ、なんなんですかね。

ちいさいテーブル

【日時／十月七日・午後十二時十五分】
【話者／山形市在住の本校学生、ジェッソという塗料を購入しに来校】

私が小学生のとき、東北の某都市に引っ越したんです。父親が知り合い経由で紹介された中古住宅を気に入っちゃって、即決で購入したんですよ。まあ、ちょっと暗い感じの家だなとは思いましたが、私自身は繁華街にも近いから喜んでいました。

そしたら数日後、母親がちいさいテーブルを抱えて帰ってきたんですよ。腰の高さくらいで、植木鉢や小物を置くような木目の丸テーブルです。

「そんなもの買ってきて、どうしたの」と聞いたんですが、母親は「ちょっとね」としか答えずに、ちいさなテーブルをエアコンの真下の壁ぎわに置いたんですよ。そのときは「新居の模様替えでもするのかな」と思ったんですけど——変なんです。

母親ね、そのテーブルを使う様子もなければ、なにかを飾るわけでもないんです。エアコン下の壁に、ぽつんと置いているだけなんです。何度か「これ借りて良い？」って聞いたんですけど、毎回「それは動かしちゃ駄目よッ」となぜか怒られちゃって。結局テーブルはろくに使われないまま、ずっとその場所にあったんです。

それで、先日ちょっと用があって帰省してみたら――テーブルがないんですよ。

「あれっ、テーブルは」と聞いたら、母親が「ああ、もう要らなくなったの」って。

「エアコンの真下にね、ちいさいちいさい女の人が、ずっと立っていたの。その顔が厭で、こっちを見られないように置いたのよ。でも、居なくなったから良いの」

念のため言っておきますけど、うちの母親は変な宗教とかには入ってないし、心霊系のネタにも全然興味がない人なんです。だから、本当に本当に驚きました。

(その女の人に心あたりはないのかという私の問いに)

ううん、理由は全然思いつかな――あ。あ。

(話者、数秒沈黙して)あの、いまから話すことが関係あるかはわからないですよ。単なる憶測というか、いま気づいただけなんで。そのうえで言いますね。

母親がテーブルを処分したタイミングと両親が離婚した時期、ほぼ一緒ですね。

落涙

【日時／十月七日・午後十二時五十分】

【話者／ネイルサロン勤務の二十代女性、ボーイフレンドと遊びに来たとのこと】


あたし、人が死ぬ前の日に涙が出るんです。

悲しい気持ちになったわけでも目にゴミが入ったわけでもないのに、ぼたぼた涙が垂れてくるんですよ。すると次の日、きまって親戚や知りあいの訃報が届くんです。五歳くらいで発見してから、ざっくり数えただけで十一人が死んじゃってます。

そんで去年、サロンの先輩とお喋りしていたら、すっごい涙があふれてきちゃって。もう尋常じゃない量で、着てるシャツが絞れるくらいに濡れちゃったんです。

そんで、先輩に涙の理由を話したら「じゃあ、ウチの店長あたりが死ぬんじゃね？　アイツ不健康だし」と爆笑してて——翌日にその先輩がくも膜下で死にました。

これ、なんかの仕事にできないですかね。かなり自信あるんですけど。

反抗期のおわり

【日時／十月七日・午後十二時五十五分】

【話者／東北在住の二十代男性、「落涙」話者のボーイフレンドとのこと】


あの、自分もヤバい体験あって。あんま説明上手くないけど大丈夫スか。

うちの実家、家鳴りがスゴいんスよ。天井がギシギシ鳴ったりとか、柱がパキパキ割れるような音がしたりとか、誰か蹴ったみたいに壁が揺れたりとか。

なかでも——空気がパン、パンって破裂するみたいなラップ音が、マジメに最悪で。自分の部屋が多いんスけど、二度寝した直後とか絶妙のタイミングで鳴るんスよ。

いや、怖くはなかったス。自分、そういうのを信じない人間なんで「鳴ってるな」と思う程度で。お祓いとか除霊とかはいっさい考えなかったっスね。

それで自分、中学二年で反抗期になりまして。その時期って、理由もなくイライラするじゃないスか。親とか学校とか全部に腹を立ててたんス。「勝てるよバカ」みたいな気持ちで。もちろんラップ音も怒りの対象っス。怖がらせるのがムカつくんで。

ある日、いつも以上に部屋がパッチンパッチン拍手してるみたいに鳴ったんスよ。なんか挑発してる感じで、自分、ブチッと来て「うるせえなコラッ、殺すぞ!」って、なにもない空間に叫んだら、一瞬止まったんスよ。で、ざまあみろと思った直後に。

パパパパパパパパパパパパパパパパパンッ——

部屋がマシンガンみたいに連続して鳴ったんス。五分くらい。

その瞬間、もう悟りっスよ。悟りまくり。「あ、この世には勝負にならねえもんがある」って。そんで、なんでもかんでも噛みついてるのが妙にバカバカしくなって、それから反抗期もおさまったんス。で、いまは普通にバンキンやってます。

ラップじゃなくてラップ音で更生したの、自分だけだと思いますよ、マジメに。

反転

【日時／十月七日・午後一時四十分】

【話者／山形市在住の三十代女性、ＳＮＳで大学祭を知り、来校とのこと】


いまも、なにがなんだか——って出来事なんですけど。

平日の午後、銀行でお金をおろして外に出たら——風景がなんだか変なんですよ。はじめは違和感の正体がわからずに「迷子になった？」なんて思っていたんですが、途中ではたと気づいて。

逆なんです。景色が左右反転しているんです。

「世界にとんでもないことが起きた！」と驚いたんですが、往来の人は平気な顔して歩いているんです。だとすれば私のアタマがおかしくなったんだなと思ってね。

それでふと、以前にテレビで放送していた〈脳の病気で視覚情報が処理できない男性〉を思いだして「それかな」と考えたんです。でも、だとすれば看板が鏡文字になっていないと辻褄が合いませんよね。左右逆なんですから。ところが、看板は正しいんです。銀行の文字も標識もちゃんと読める。町だけが、まるきり逆なんです。

戸惑ったけど、帰らないわけにはいかないでしょ。ええ、頑張って帰宅しましたよ。

いや、左右反転した道を進むのがあんなに大変だとは思いませんでした。いちいち、頭のなかの地図と照らしあわせながら角を曲がるんですもの。いちばん苦労したのは自宅の鍵です。いつもと反対方向にまわすのが、あれほど厄介だなんて。

それでもなんとか無事にリビングへ到着して、ソファーに倒れこんで——起きたら、戻ってました。もとの世界に。窓の外の道も、家具の配置もいつものとおりでした。

とは言ったって不安ですよ。病気の疑いが晴れたわけじゃないんですから。それで「こういう場合は何科を受診すれば良いんだろう」と悩んでいたら——母から電話がかかってきて。

「あのさ……あたし、今日スーパーに行ったら帰り道がさかさまだったのよ。道路も家も、普段とまるきり反対なの。いまはもう治ったんだけど、こういうのってなんのお医者さんに行けば良いのかしら」

確認してみたら、母の世界が〈反転〉したの、私とほぼ一緒の時間だったんです。

幸い、その後は一度も起こってないんですけど——これ、なんですか？

うわさ

【日時／十月七日・午後二時ちょうど】
【話者／本校の学生、屋台を出展しているが休憩中に展示を見にきたとのこと】

（話すのが苦手という理由で、私の怪談ノートに本人みずから書き込む）

学内配布用のミニコミ誌を作っていたとき、教授から聞いた話。

大学の裏に電柱とカーブミラーがあって、そこは晴れた日でもずっと濡れている。噂では、雨の日にその場所を車で走ると、足だけが前を横断するらしい。

教えてくれた教授は、それらしいものを一度目撃している。「小さい足だったので、子供だと思う」と言っていた。自分はまだ見ていない。

嗤い猿

【日時／十月七日・午後二時三十分】

【話者／県内在住の四十代男性、近所なので覗きに来たとのこと】


あの、お化けが出たとかじゃないんですけど、それでも構いませんか。

山形と宮城の県境にあたる、二口峠《ふたくちとうげ》ってご存知ですか。芭蕉の句で有名な山寺から、仙台の秋保《あきう》温泉まで続く林道なんですけど。ちょうど一年前、そこを走りまして。

あ、走ったといってもジョギングではなくて自転車です。私はロードバイクが趣味でして、グラベルロードという未舗装路専用の自転車を買ったんですよ。けっこうな値段だったので仲間に自慢していたところ、「あの道は良いよ」と二口峠を薦められて「じゃあ朝早く出発して、秋保でひとっ風呂浴びようかな」と目論んだわけです。

ところが、いざ行ってみると予想以上の難所でしてね。勾配はキツいわ、砂利道にハンドルを持っていかれるわで、予想より時間がかかっちゃったんですよ。腕時計を見ればすでにお昼近く。なんだか一気にグッタリしてね。私は休憩しようと自転車を木立の陰に停めて、バックパックから携行食を取りだしました。と、そのとき。

うぃひ、うぃひ、うぃひ――

奇妙な声がするんです。ほら、タレントのさんまさんって独特な笑い方するでしょ、あんな感じの声が、あたりいっぱいに響いてるんですよ。

はじめは「鳥かな」と思ったけれど、どれだけ注意深く耳をすましても、やっぱり人の声にしか聞こえない。自分以外に誰かいるのか。でも、どうして笑っているんだ。混乱のままに周囲をたしかめていると、ふいに真上の木が、ざっ、と揺れたんです。

見あげたら――一匹の猿が太い枝の上から、こちらを覗きこんでいるんです。手を伸ばせば届くほどの距離で、うぃひ、うぃひ、と嗤《わら》っているんですよ。

その近さにも驚きましたが、なによりも猿の容貌に息を飲みました。

猿、両目が潰れていたんです。ピンク色のガムを貼りつけたように、眼球の部分が肉で埋もれているんです。おまけに、かつお節に似た長方形のかたまりを握りしめて、声をあげるたびにそいつを齧っている。なんだろうと思って目を凝らしたら――。

仏像なんですよ、それ。

顔の前半分がえぐれた木の仏像を齧っているんです。嬉しそうな表情で。

ええ。あの顔は、あの声は、たしかに嗤っていました。

本当は写真でも撮れば良かったんでしょうけど、それどころではありませんでした。理解してもらえるか不安なんですが——あ、この猿は自分を狙っている、食べる気かもてあそぶ気かは知らないが、獲物としか思っていない。そう直感したんです。

私は気配を悟られぬようゆっくり自転車に乗ると、一気に走りだしました。いいえ、怖くて振りかえりなんかしません。里が見えるまでノンストップでしたよ。

後日、二口峠を薦めてくれた仲間に聞いたところ、あの峠では過去にニホンザルがたびたび目撃されているんだそうです。でも、盲目の嗤う猿なんてのは聞いたことがないと言っていました。

彼は「珍しいものに遭遇したじゃない」と羨ましがっていましたが、私はちっとも喜べませんでした。あの怖さは、直に見たものじゃないとわからないですよ。

それで——実は先々月、福島の磐梯山《ばんだいさん》にあるサイクリングロードを走ったんですよ。するとその道中、木々の向こうから——うぃひ、うぃひ、うぃひ、って。

あの声がたしかに聞こえたんです。

私、気に入られちゃったんですかね。

睨み猫

【日時／十月七日・午後三時十分】
【話者／山形市在住の四十代女性、怪談売買所を目あてに来校とのこと】

あの、前に「拝み猫」って話、書いてましたよね。あれを読んで「へえ、我が家と似たような話があるんだ」と驚いたので、今日はお話させてもらいに来たんですよ。

実家でもチャゲという猫を飼っていたんですよ。あ、毛が茶色いからチャゲです。

ウチは田舎なので家と屋外を好き勝手に出入りさせていたんですが、二歳のときに突然姿が見えなくなりまして。「部屋飼いにしておけば良かった」と、それはもう後悔しました。近所に迷い猫の張り紙をして、毎日そこらじゅうを捜索しながらチャゲの名を呼んで。けれども、いっこうに発見できず――心配でしたが、私たちにも日々の暮らしがあるでしょ。仕方なく一ヶ月ほどで捜索を諦めたんですね。

それからしばらく経ったある夜のこと、寝ていたら身体が動かなくなったんです。布団ごと糊で固められたみたいに、頭部以外はまったく動かせないんです。いったいなにごとかと冷や汗を流しながら懸命にもがいていると——部屋の隅に、ボロボロの布きれみたいな物体が、じいっと、うずくまっているんです。

まぎれもない、変わり果てた姿のチャゲでした。

チャゲは、使用後のコンタクトみたいな皺《しわ》だらけの眼球で私を睨みつけていました。どれほど贔屓目に見ても、そのまなざしから「再会できた嬉しさ」は感じられません。私は硬直したまま「チャゲ、堪忍してね。探すの止めて堪忍ね」と謝り続けました。一分ほど過ぎて、急に身体が軽くなったときには——チャゲはもういませんでした。

次の日、私は知人のお坊さんに事情を話すと、我が家でお経をあげていただきました。人知れず息絶えた飼い猫を思い、涙を流しながら合掌したんです。その願いが通じたのか、以来チャゲは二度と姿を見せませんでした——ところが。

去年、知りあいの紹介で、霊感があるという女性に会ったんです。するとその人、私を見るなり「猫飼ってたけど、行方不明で死んじゃったでしょ」と言うんですよ。もうビックリしました。だって、チャゲのことはなにも言っていないんですから。

「そうですそうです。飼っていた猫がいなくなって、そのあと夢枕に立って……」

私はそれまでの出来事をすべて説明してから、女性に訊ねました。チャゲはいま、どうしていたりはしないのか。もしかしてまた猫に生まれ変わり、どこかの家で幸せに暮らしているのか。そんな質問をしたんです。すると女性は「あんたの猫、生まれ変わってないよ」と言ってから、私の背後を指して、

「まだ睨んでるもの」

一年経ったいまも、ときおりあの言葉をふと思いだします。

正直な心境としては――チャゲが近くにいる喜びが三割、怖いのが七割ですかね。来月、猫を祀る神社へ行くんですが、なんとなく「効かないだろうな」と思ってます。

喪字

【日時／十月七日・午後四時前後】
【話者／県内在住の五十代男性（推定）、来校理由不明】

話者の家には代々、絶対に書いてはいけない〈喪字〉が伝わっている。命名に使うのはもちろん、書類やテストなど筆記が必要な場合でもけっしてその一語を書いてはいけないと厳しく言い含められてきた。日常で使う機会のすくない字であり、加えて声に出すのは問題ないため、これまで然して不便を感じたことはないと話者は言う。

あるとき、天邪鬼な性格の親戚が酔ったいきおいで、この〈喪字〉を書き連ねた。筆記用具を手に、写経よろしく原稿用紙へびっしりと記した。なにも起こらないぞと得意げに親戚が言った途端、電話が鳴った。

電話は当の親戚宅からで、「たったいま母屋が不審火で全焼した」との報せだった。その後も彼の家は不幸が相次ぎ、現在は誰も連絡が取れなくなっている。

最後に話者が「口頭なら教えても良い」と言うので、私はその〈喪字〉を記した。

（筆者注：以上の話は、私の記憶をもとに話者の体験を記したものである。この日は「喪字」以降も午後七時まで怪談売買所をおこない十話前後が収集できた。しかし帰宅してからノートを確認したところ、「喪字」より先のページはすべて水びたしで、筆記の判読が不可能になっていた。水気に近づけた記憶も、飲み物をこぼした記憶もない。今回、原因不明の水没も貴重な記録の一環と鑑《かんが》み、ここに記した次第である）

怪談図書館、あるいは怪談博物館

【日にち】二〇一九年八月九日～十月六日

二〇一九年は、図書館や博物館など公共文化施設に招かれる機会が多い年でした。もっとも私は「お化け屋」ですので、読み聞かせをしたり、講演を一席ぶつわけではありません。一時間から二時間ほどの怪談会を開き、東北一円で取材した話や郷土に伝わる怪異譚を紹介するのです。

参加者は八十歳を超える大先輩から未就学児童まで老若男女を問いません。公の機関が怪談会を催すことにも驚きましたが、これだけ多くの人が集まったのも予想外でした。私自身はあまり実感していなかったのですが、世間は本当に怪談ブームなのかもしれないなあと思いを改めた次第です。

さて、この手の催しの多くは、本編のあとに質疑応答の時間が設けられています。けれど研究者でもプロの語り手でもない私に答えられることなどありません。なので質疑応答の代わりに客席へ呼びかけ、ご自身または家族や知人が体験した奇妙な話を募っています。

ネタを集める意図に加え、「怪談がいかに我々の身近な存在か、それを愉しむ文化はいかに豊かであるか」という本編の主旨を、観客みなさんの体験で補完する——そんな目的も併せ持った試みです。

そして、これがめっぽう面白いのです。

怪談売買所と同様、多くの人はよもや自分が語り手になるなど想像もしていません。だからこそ、戸惑いがちに披露される怪談は荒削りで、土着的で、生々しいのです。ともすれば、構成だの外連味《けれんみ》だのを小賢《こざか》しく考えた私の話より、はるかに怖いのです。

これほど興味深い話の数々を、私と参加者だけで愉しむのはもったいない。そのような理由に基づき、本項では今夏に拝聴したそれら怪異譚をならべてみました。怪談売買所との差異をたしかめつつお読みいただければ、たいへん嬉しく思います。

取材に際しご協力いただいたのは、山形市立図書館、サクラダ百奇譚実行委員会、山寺芭蕉記念館、東根市まなびあテラス、庄内町立図書館、西川町図書館の各関係者、ならびに参加者の皆さんです。この場を借りて深く御礼申しあげます。

おやしらず

【日にちと場所／八月九日・山形市立図書館】
【話者／県内在住の四十代女性、子供と一緒に怪談会へ参加】

二十年ほど前、友人三人と新潟の糸魚川《いといがわ》まで出かけたときの話です。さんざん遊んだおかげで、帰るころにはかなり遅い時刻になってしまって。私たち四人は夜の帳《とばり》が下りるなか、大急ぎで山形へ戻っていたんです。

車は海沿いを走っていました。断崖絶壁をなぞって、カーブが右に左に続く道です。ときおり車のヘッドライトが崖を照らすんですが、光の先は波音がとどろくばかりでなにも見えません。この下は岩場なのかな。どのくらい高さがあるのかな。落ちたらやっぱり死ぬんだろうな――なんて想像していました。

そのうち、トンネルが連続するようになったんです。トンネルを出て、十数秒だけ風景が見えて、またトンネルに入って、といった感じで落ち着かない風景が続いて。

それで「この後もずっとこんな感じなのかなあ」と思い、ふと車載のナビ画面を見たら

〈親不知《おやしらず》〉という地名が画面に表示されていたんですね。

「ねえちょっと。これって、歯の親知らずのことかな」

「わかんない。地形が歯に似てるんじゃないの」

「じゃあ、奥歯とか前歯って場所も近くにあるよ。出っ歯とか」

「あるわけないでしょ、馬鹿じゃないの」

変わった名前の登場で車内は一気に盛りあがりました。陰気な夜道を走っていた反動に加え、箸が転がってもおかしい年代の女子四人ですからね。火がついた笑いはそう簡単に止まりません。なにがそんなに可笑しかったのかもう思いだせませんが、私たちは大口を開けながら爆笑していたんです。

と、トンネルを抜けた直後――ほかの三人が突然、口をつぐみました。

急な静寂に驚いた私は、「どうしたのよ」と言いながら後部座席から身を乗りだし、なにげなくフロントガラスの向こうへ視線を移したんです。すると――。

おじいさんが崖のかなたに立っていて。

車に向かって、にかかあっ、と笑ったんです。

唖然としちゃって、すぐには状況を把握できませんでした。再びトンネルへ入った直後、ようやく私が「錯覚？」と漏らした途端、残りの三人がいっせいに口を開いて。

「いま、いたよね。ね、ね」

「うん、うん、うん。老人だと思う」

「でも人が立てる場所じゃなかったでしょ、絶対」

見たの、私だけじゃなかったんです。だから黙ったんです。

やがて、ひとりが「ねえ、戻って確認したほうが良いんじゃない」と発言しました。もし徘徊《はいかい》老人だったら、放置してはマズいのではないか、そんな理由だったはずです。しばしの沈黙があって、結局全員が賛同しました。みんな、自分だけだったら絶対にUターンしなかったと思いますが、四人だったので安心感があったんでしょうね。

「……じゃあ、見に行こうか」

「そうだね。もしかしたら本物の人かもしれないし」

「やめてよ。本物ってなによ」

そんなわけで、いま来た道を戻ってみたんですが——やっぱり誰もいませんでした。

そもそも、おじいさんを目撃したあたりは目も眩むような断崖絶壁で、人が立てる場所なんかないんですよ。

闇を眺めていると、友人が「あのお爺さん、笑ってたよね」と呟きました。

「もしかして……私たちの笑い声に呼ばれたのかな」

その発言が効いたのか、山形へ到着するまでの三時間、さっきの喧騒が嘘のように全員静かだったのを憶えています。

それで——親不知って地名が気になったもので、帰ってきて調べたんですよ。そしたら、ちょっぴり由来が怖いんです。

あそこには平家の落人が隠れていて、それを知った妻が二歳になる我が子を連れて会いに来たんだそうです。ところが断崖絶壁でしょ。道中で子供は荒波にさらわれて死んじゃったんですって。つまり、親子が二度と再会できない場所だから親不知と呼ばれるようになったらしいんです。

まあ、この由来と私たちが見たおじいさんに関係があるかはわかりませんけどね。でも——あの笑顔は二十年経ったいまでも強烈に記憶しています。

あまりに恐ろしい出来事って、記憶に焼きついちゃうんだなあと思いました、はい。

かない

【日にちと場所／八月九日・山形市立図書館】
【話者／山形市在住の三十代女性、小学生の息子に誘われ怪談会へ参加】

私が中学にあがったとき、両親が進学祝いに実家の空き部屋を譲ってくれたんです。当初は「自分専用の部屋ができた」と喜んでいたんですが——そのうち、変なことが起きるようになっちゃって。まずは、ベタなんですけど寝ているときに身体が動かなくなり、壁ぎわまで引きずられるんです。壁の向こうの墓地に呼ばれているようで。あ、我が家は隣がお寺なんです。壁側の窓を開けると墓地がすぐ目の前にあったんです。よりによって、そっちへ引っ張られるんですよ。

あと、たびたび夜中に眩しさで目が覚めちゃって。「なんでこんなに明るいの」と見たら、寝る前に消したはずの蛍光灯が明々と点いているんですよ。はじめは両親の仕業だろうと思ったんですが「あんたの部屋に入る理由ないでしょ」と一蹴されて。そんなことが大小いろいろと続いたんです。

もちろん策は講じました。壁と反対側にベッドを移動させてみたり、祖父から教わったお祓いの方法――人の形に切った半紙で身体をぬぐって川に流すとか――も試してみたんです。でも、残念ながら金縛りも蛍光灯もいっこうにおさまらなくて。

ところがあるとき、意外な形で転機が訪れまして。我が家の土地を隣のお寺に売り、私たち家族は市内の別な住宅へ引っ越すことになったんです。

もしかして、嫌がらせはこのためだったのかな――そう思いました。お寺に土地を明け渡すため、得体の知れないモノが私に悪さをしていたのかしらと考えたんですね。でも、それならばもう安心じゃないですか。まもなくその願いは叶うわけですから。「ああ、これでようやく解放される」と、私は転居をとても喜んでいました。

でも――それは誤解だったみたいです。引っ越しが決まってから、妙な現象がどんどん非道《ひど》くなっていったんです。以前は数週間に一度だった金縛りに毎夜襲われ、灯りも点いたり消えたりの頻度がどんどん多くなって。しかも、部屋に誰かの気配があるんですよ。

きわめつけは、声でした。独りで部屋にいると昼夜を問わず声が聞こえるんです。

「かない……かない……」

苦しげな、男の人の声でした。でもウチの苗字、〈金井〉じゃないんです。親戚にも、それっぽい苗字は誰もいないんです。

気にはなったんですが、答えなんて出ないでしょ。なにより怖くて、なるべく部屋で過ごさないよう心がけていました。「あとすこし我慢すれば、この部屋ともお別れできる」と自分に言い聞かせながら、なんとか耐えていたんです。

引っ越しがはじまる前の夜——私はベッドで横になっていました。明日ですべてが終わるという安堵感で気が緩んでいたのかもしれません。それが悪かったのか——。

「かない」

普段より大きめの声が背後で聞こえました。もちろん身体は動きません。

「かない……かない……」

声、近づいてくるんです。二メートルほどの距離で聞こえていたのが一メートルになって、数十センチの距離まで迫って——数秒だけ静かになった直後、

「いかないで」

あ、名前じゃないと思った瞬間、後ろから太い腕で抱きしめられました。

直後に金縛りが解けて、腕の感触も消えましたが——寝られませんでしたね。

そんなわけで最後の夜を終え、私は両親と新居に引っ越しました。以降はそこまで非道

い現象はなく、なんとか平穏に過ごしていますよ。

あ、そうなんです。ゼロになったわけではないんです。新しい家でもたまに部屋の電気が点いたり消えたりしています。いまのところ、声は聞いていません。

やっぱり、距離が近くないとその程度しかできないのかな——と思っています。

ぶうん、ぶううん

【日にちと場所／八月九日・山形市立図書館】

【話者／山形市在住の三十代男性、子供と怪談会へ参加】


結婚前に住んでいた山形市の実家で、一度だけおかしなことがありまして。

十代の終わりのある夜、私は二階の自室でテレビゲームに興じていたんです。そのうち、ふとトイレに行きたくなりまして。ええと、尿意ではないほうですね、はい。私はすでに寝ていた両親を起こさないようにそろそろ階段を降りて、一階のトイレに駆けこむと、便座に座って用を足していたんです。

すると、廊下から——ぶううん、ぶううん、ぶううん。

低い音が聞こえるんです。

しばらく聞いているうち、音の正体に気がつきました。電子レンジです。

それでピンときました。弟がその日、友だちの家へ遊びに出たままだったんです。

アイツめ、いつのまにか帰宅したんだ。それで小腹を空かせて、冷蔵庫のなかにある夕飯の残りでもチンしているんだろう——そう推理したわけです。

用を終えた私は台所へと向かいました。汚い話で恐縮ですが——出すものを出したあとだったので、若干の空腹をおぼえていたんです。弟がなにを食べるつもりなのか知らないけど、ひとくち分けてもらおう。そう思って台所を覗くと——無人なんです。

真っ暗な台所のなかで、電子レンジだけが稼働しているんですよ。

ぶううん、ぶううん——って音のなか、レンジの室内灯がオレンジに光っていて、なにも乗っていないトレイがぐるぐると回転していました。

「あ、これは弟の仕業じゃない。見てはいけないものだ」と直感した私は、慌てて二階にあがると自室で息を潜めていたんです。結局、弟が帰宅したのはそれから三時間後でした。朝になって、念のため「電子レンジ使ったか」と訊ねたものの、ぽかんとしていましたよ。

そんなことが、一度だけあったんです。

いや、幽霊を見たとかいうのであれば、まだ自分のなかで処理できたんでしょうけれど、見なれた電子レンジってのが逆に駄目でした。なんといいますか、逃げ場がない感じで。この気持ち、わかってもらえますかね。

川に還れば

【日にちと場所／八月十日・山形市滝山コミュニティセンター】
【話者／山形市在住の十代女性、芸工大の学生とのこと】

この出来事を他人に話すのは初めてで、自分でも思いだしつつになります。聞きにくいところがあったら、すいません。

あの、親って「お前は川を流れていたのを拾ったんだよ」とか言うじゃないですか。でも、私の場合はちょっと違っていて。

「あなたは近所の田んぼに埋まっていたんだよ」と教わったんです。

ひどいですよね、川ならまだ桃太郎っぽくて救いがあるけど、田んぼに埋まるってもうそれ稲じゃないですか。まあ、実家は埼玉県の田園地帯にあったので、川よりもリアリティがあったんだろうなと思うんですけど「それにしたってひどいなあ」と、子供心にも感じていたんです。

そんなある日、四歳の私は父親にしこたま叱られまして。もはや原因がなんだったかも思いだせないんですが、とにかく拗ねてしまった私は家出を決行したんですよ。目ざした場所は田んぼでした。「こうなったら、本当の親のところに帰ってやる」的に考えたんです。子供の発想ですよね。

けれど、まさか泥へ入るわけにもいかないので、ちょうど農閑期で枯れていた田んぼの水路に隠れたんです。本当は水路の奥に進もうと思っていたんですが、私が侵入した箇所以外はコンクリートの蓋があって、予想より狭かったんです。

やむなく私は身を低くかがめ、その場で息を殺していました。湿った泥の生ぐささが厭でしたね。

憤りが消えると、入れ替わりに不安が押し寄せてきました。すぐ父親が捜しに来ると、心のどこかでは信じていたんでしょう。まだかな、もしかして本当に捨てられたのかな。考えているうちに悲しくなってきて。泥のついていない手の甲で必死に涙をぬぐっていた、そのときでした。水路の奥の暗がりに、気配を感じて。

見ると──顔があるんです。五、六歳くらいの男の子の顔が。

それも、微妙に違和感のある──粘土で器用に作ったような顔なんです。全体的に輪郭がぼんやりしていて、視線も合ってない感じで。

え、なんでここに人がいるの。自分を棚にあげて私は戸惑いました。すると、男の子がこちらを見て、ゆっくりゆっくり笑ったんです。

その笑顔も本当に変なんですよ。ほら、子供をからかって指で顔をつまんだりするじゃないですか。あんな感じの表情なんです。

本能的に「怖い」と思った直後、男の子が間延びした声で喋って。

「きみもお、すてられたのお」

怖さよりも、なんと答えれば良いか迷いました。「そうだ」と言ってしまえば父は二度と迎えに来ない――そんな予感があったんです。

でも「違う」と返事をするのも嘘をついているような気がしてためらわれる。迷って、迷って「あのね」と口を開きかけた直後――。

身体が一気に軽くなりました。

捜しに来た父に両脇を抱えられ、水路から無理やり担ぎだされたんです。

「あのね、男の子が、水路に男の子が」

私は必死にいま見たものを訴えたんですが、父は無言でこちらの手を引き、歩き続けていました。そのときは「怒っているのかな」と思いましたが、いまは違う気がするんです。

父はなにかを知っていて、水路を見たくなかったんじゃないですかね。
男の子が口にした「きみ〝も〟」のひとことが、いまも心に引っかかっています。
あのとき答えていたら、私はどうなっていたんでしょうか。

干し軍服

【日にちと場所／八月十日・山形市滝山コミュニティセンター】
【話者／関西出身の二十代男性、おなじく芸工大の学生とのこと】

や、いまの話（前話「川に還る」のこと）聞いて「変な声聞いたって人、自分以外にもおるんやなあ」とビックリしてます。自分、幽霊とか全然信じてないんですけど、そんでもこないだ変な声を聞いたんですわ。

自分、ミリオタなんですけど。あ、ミリタリーオタクの略です。軍服とか軍事品を集めるのが趣味で、そういうもんを高校時代からちょいちょい買ってたんです。ほんで先日、軍服をリサイクルショップで見つけましてね。旧日本軍の九八ですよ。（「きゅうはつ、ですか」と聞きなおした私に）九八です、九八式。数字の九と八に数式の式です。昭和十三年以降に支給された軍服をそう呼ぶんです。

いや、そら興奮しました。旧日本軍の兵衣ってレプリカも多いんですが、まぎれもなく本物で、おまけに保存状態もそこそこ良かったんですから。

　まあ、そう言うても古いものなんで、ところどころ土かなんかで黒く汚れてたんです。でも、洗濯機で洗えないでしょ。そらそうですよ。布地も古いから最悪ボロボロになるし、色が落ちたりワッペンが取れたりしたら台無しじゃないですか。

　なので、軍服を風呂場にハンガーで吊るすと、勢いよくシャワーをかけたんです。やっぱり一度も洗濯してなかったみたいで、黒い水がけっこう流れましたね。ほんでそれをベランダに干しておいたんです。

　すっかり満足してね。「今度のミリオタの集まりではコイツ着てったろ」と思いながら、寝たんです。ベッドが窓際にあるんで、軍服を頭ごしに見上げるような形でね。

　ほんなら、気づくと身体が動かんのです。動くのは目ェだけ。

　人生初の金縛りですよ、初体験ですよ。そんなんビビるでしょ。だから自分、もがいたんですわ。うえええええッ、って子供みたいに腕と足をバタバタさせて暴れたんです。

　そしたら——すぽんッ——と、身体が抜けたんです。

　あ、むしろ「意識が身体から抜けた」と表現したほうが正確かもしれないですね。「金縛りの次は幽体離脱かい」と思ったんですが、おかしいんですよ。体験した人の本を読むと「寝てる自分を見た」とか書いてるじゃないですか。なのに自分ね、真っ暗なんですよ。

夜の山みたいな闇のなかに、ぽつんと自分だけがいるんです。

あ、絶対さっきよりヤバい状態や――そう直感しました。そんでも身体はなんとか動くような感じがしたんで、上半身だけ起こそうとしたんです。そんなら、

「たつな」

耳のそばで聞こえたんです。えっと思った直後、

「たつな、たつな、たつなたつなたつなたつな」

もうなんか、鐘の音がぐわんぐわん鳴っているみたいな状態でね。どうしてええかもわからんようになって、自分「もう知らん」と強引に寝たんです。暗闇のなかで。

翌朝は普通に目が覚めました。

身体も動くし、部屋も特に異変はなくて。「夢かなあ」と首を傾げながら、干してた軍服を取りこもうとしたんですよ。そしたら――びちょびちょなんです。なんなら吊るしたときより濡れてて、絞れそうなくらい水びたしなんですよ。雨が降った形跡もないのに。それでやっと「昨夜のアレ、これが原因か」と思い至ってね。

いや、「戦死した人の服は祟るぞ」なんて話を聞いたことはあったんですが、まさか自分がそんな目に遭うとは想像もしてなくて。本当にびっくりしましたね。

あ、その服ですか。フリマアプリで売りましたわ。

だって、あんなん毎晩されたら大変じゃないですか。買ってくれた人、無事だと良いんですけどね。

新宿駅の内臓

【日にちと場所／八月十日・山形市滝山コミュニティセンター】

【話者／山形市在住の二十代男性、本イベント『サクラダ百奇譚』運営委員】


二〇一四年、夏の話です。

当時、都内の学校に通っていた私は友人と新宿駅を歩いていたんですね。

ご存じかもしれませんが、新宿駅って迷路なんですよ。地下とか通路とかややこしくて、おまけに毎日どこかしら工事をしてるので出入り口もわかりにくい。先輩が教えてくれた「朝に通過した改札が夕方には存在しない」なんて冗談を本気で信じたくらい、慣れているはずの自分たちでも迷うことがあるんです。

で、その日も普段使っている通路へ向かったんですが、あいにく改装中で知らない道へ強制的に誘導されちゃって。方角を頭のなかで確認しながら進んでいたんです。

すると、はじめて見る階段にぶちあたりまして。半地下から一階にあがるタイプの、途中に踊り場っぽい空間があるやつです。天井が極端に低くて、背の高い人なら頭をぶつけそうな階段でした。「へえ、こんなところが構内にあったのか」と驚きながら、低めの天井をなにげなく見たんですね。そうしたら——変な貼り紙があるんですよ。

《注意↓↓↓》

天井の出っ張り部分に、そんな警告文が貼られていまして。

おかしいですよね。もし頭をぶつけないように注意を促すなら《頭上注意》だけで良いじゃないですか。わざわざ真下に矢印を向ける必要なんてないでしょ。

どういうことだ、これ——そう思って、視線を下に移したら。

内臓があるんです。

調理前のモツみたいな赤や白やピンクの臓物が床に散乱しているんです。おまけに量がすごい。まるで動物の腹をスパッと切り裂いて中身を掻きだしたみたいに、山と積みあがっているんです。しかも、変なのはそれだけじゃなくて。

内臓の山を、カラーコーンが包囲してるんです。

円陣を組むみたいに赤い三角が置かれていて、そのまんなかに臓物があるんです。なんだか魔法陣っぽいというか、ちょっと普通の雰囲気には見えなかったですね。

まあ、それ自体は別に良いんですよ。いや良くはないんですけど「うわ、キモっ」くらいに感じていたんですが——そのうち、別なことに気づきまして。

周囲を歩いている人が誰ひとり気に留めてないんですよ、臓物を。普通、そんなものがあったらリアクションするじゃないですか。顔をしかめるとかハンカチで口を押さえるとか、SNSにアップするためにスマホで撮るとか、絶対にひとりかふたりは反応するでしょ。ところが、全員が素通りしているんです。

でも、新宿駅ですからね。「この程度のことは日常茶飯事なのかな」と、自分たちも人の流れに乗ってその場を立ち去り、西口の喫煙所で一服していたんです。

で、タバコを吸いつつ友人と「なんだったのかな、アレ」「気持ち悪いなあ」なんて喋っているうちに「やっぱり変だよね」と意見が一致しまして。いくら新宿駅でも、あれはさすがにおかしいぞと。どっちからともなく「もう一回、見に行ってみようぜ」「どうせだから写真も撮っておこう」という話になって。

ところが——到着してみたら、ないんです。

山盛りの内臓もカラーコーンも貼り紙も、痕跡すら残ってないんです。

自分たちが目撃してから現場に戻るまで五分か十分の話なんですよ。処理するにしたってあまりに早すぎますよね。そこで、すぐSNSを検索したんです。〈新宿駅／内臓〉とか

〈新宿／臓物〉とか、単語をいろいろ組み合わせて。だけど画像はおろか、つぶやきさえ一件もヒットしないんですよ。その瞬間がいちばんゾワワッとしましたね。なんだか——よく似た別の世界を、間違えて覗いちゃったような気がして。

以降も何度となく新宿駅を利用しましたけど、臓物を見たのはあの一度きりでした。

あれがいったいなんだったのか、いまだに考え続けています。

黒服と白服

【日にちと場所／八月十一日・山寺芭蕉記念館】

【話者／都内在住の二十代女性。お盆で帰省中】


わたし、六本木にある『O』というクラブテイストのバーに勤務しているんです。にぎやかなお店なんですが、人の多い場所は霊も集まるなんて言うじゃないですか。例に漏れず、ウチのお店も「出る」って有名なんですよね。

お客さまのなかには「視える」人もいるわけです。自称する方もいれば、いつもは全然そっち系の話題にふれないけど、「その瞬間」になるとそれが垣間見えちゃう方もいるんです。で、どちらのタイプも「ここいるよね」と指摘する場所がありまして。それも二ヶ所。ええ、ウチのお店——女の幽霊がふたり常駐してるみたいで。

ひとりはお手洗いで、こちらは単純に「居るだけ」のようです。もうひとりはＤＪブースの脇に立っているらしいんですが、視えるお客さんによると、こっちの幽霊は「服を着替える」らしいんですよ。しかも、ちゃんと法則があって。

お店が混んでいるときは〈黒い服〉で、逆に空いているときは〈白い服〉。

いや、どうして服を着替えるのかも、どうしてその色のチョイスなのかも知りません。

第一、私は一度も見たことがないんですから。あ、でも先日おもしろいことがあって。

常連のお客さんがカウンターで飲んでいたんですね。平日でおまけに雨だったのでフロアにも二、三人しかいなくて暇だったんです。だから常連さんと「ゆっくり話ができて、こういう日も悪くないね」なんて言ってたんですけれど、突然会話中に「あっ、そろそろ帰ったほうがいいわ」とスツールから腰を浮かせちゃって。

用事でもあるのかなと思ったら「もうすぐお店が激混みになるし」と言うんです。

「え、でも今日は忙しくならないですよ。予約もないし、この雨ですから」

すると常連さんが「すぐに混むと思うよ、だって」とDJブースを指して、

「あの女の人、黒服になったもの」

そう言ってさっさとお勘定を済ませると、本当に帰っちゃったんです。

すると、それから一分もしないうちに入口が騒がしくなったかと思うと「おっす、雨宿りがてら飲ませて！」と十数名の団体さんがぞろぞろ入ってきて、一気にお店が混んでしまったんです。あれはなかなか強烈な体験でしたよ。

新人のなかにも、一週間くらい働くと「ここ……心霊現象とかありますよね」って聞いてくる子がいるので、まあ本当にいるんだと思います。私も視えれば、混む前にいろいろ準備ができて楽なんですけどねえ。

内線

【日にちと場所／八月十一日・山寺芭蕉記念館】

【話者／遠野市在住の五十代女性、やはりお盆で帰省中】


私、岩手県遠野市の博物館に勤務していまして。ええ、河童《かっぱ》や座敷わらしで有名なあそこです。そういう場所だからなのか、そういう話も多いんですよね。

ある年、博物館でとてもお世話になっていた写真家の方が亡くなられたんです。それで急遽、写真家の方がよく利用していた暗室に同僚とふたりで入って、遺影に使える写真がないか探していたんです。これという写真がなかなか見つからず、同僚と「いざ探すと、ないもんだねえ」なんて言いあっていたんです。

すると突然、暗室に据えつけてある電話機がけたたましく鳴ったんです。

電話から近い位置に立っていた私は、急いで駆けよると受話器を取りました。内線だと思ったんです。ほかの部署の誰かが、なにか急用があって内線を寄こしたのかな。そう考えたんですね。ところが。

ざあああああ――

受話器からは変な音がするばかりなんですよ。ノイズみたいな、波みたいな。

唖然としているうちに電話が、ぶつ、と切れちゃって。

首を傾げながら受話器を置くなり、背後で同僚が「鳴りましたよね」と呟きました。

「うん、でも切れちゃった。向こうの声もしなかったし、故障してるのかな」

私の言葉に、同僚は「故障じゃないです」と言いながらこちらに近づいてきて――電話線を持ちあげました。

「鳴るはずがないでしょ」

電話線――途中からちぎれて、彼の手のなかでぶらんと垂れているんです。静かに告げるその声に、背筋がぞくっとしましたよ。

けれど、いまになって思いだしてみると、あまり怖い気はしなくて。写真家の方が〝最後に面倒かけるね〟と言いにきたのかな――なんて考えてしまうんです。

そう思ってしまうのも、遠野という土地柄の所為なんでしょうか。

所在

【日にちと場所／八月十一日・山寺芭蕉記念館】

【話者／山形市在住の四十代女性。怖い話が好きで当イベントに参加とのこと】


数年前、私と両親、子供たちの五人で、仙台市郊外のとある温泉へ出かけたんですね。主人は仕事があったため、家で留守番をしてもらっていたんですけど。

「お父さんに悪いわね」なんて言いつつも、私たちは温泉を満喫して、豪華な食事に舌鼓を打ち、とても満足して床に就いたんです。ところが全員寝しずまった真夜中、笑い声が急に聞こえたんですよ。

いや、霊の叫びとかではなくて、部屋のテレビが突然ついただけなんですけど。

それで私は目を覚ましちゃって、隣で寝ている母に「ねえ、布団めくってみて」と言ったんですね。てっきり布団を敷く際にテレビのリモコンが真下へ潜ってしまい、寝返りをうった拍子に電源を押してしまったんだろう——そう思ったんです。

ところが、母はこっちをじっと見たまま、なにも言わないんですよ。テレビからはあいかわらず深夜番組が流れていて、部屋じゅうにタレントの大爆笑が響いている。それに苛立った私が再び「ねえ」と声を荒げたら――。

「テーブルに、あるけど」

発言の主旨を察した母が、震え声でそう言って。

あるんです、テレビのリモコン。テーブルの上にちゃんと置かれていたんです。

「なにこれ、気持ち悪い」と思いましたけど、それ以上は追求せずに寝たんですね。あまり大騒ぎすると、せっかくの旅に水を差すと思って。

それで翌日、なにも言わずチェックアウトすると、自分や子供たちは我が家に戻り、両親は実家へと帰りまして。

すると、ドアポストに夫の書き置きが挟まっているんですよ。

《従兄《いとこ》の[redacted]さんが亡くなったそうです。至急連絡してください》

驚いて従兄の家にすぐ電話しました。すると――私たちがリモコンで騒いでいた、あの時刻に従兄は亡くなっていたんです。

我が家の番号は従兄の家族も知っていたけど、私の携帯電話の番号は教えていなかったんですよ。両親はそもそも携帯を持っていなくって。

だから、従兄がなんとかして知らせようとあんなことをしたのかなあと思っています。
家族旅行の夜の、ちょっと不思議な思い出でした。

おむかえ

【日にちと場所／八月三十一日・東根市まなびあテラス】
【話者／山形市在住の四十代女性、本館のキュレーター】

高校生の夏、秋田県は象潟町《きさかたまち》（筆者注：現・にかほ市）で体験した話です。

象潟町には母方の実家がありまして、祖母が病気で入院していたために、私と母は里帰りを兼ねて留守番をしていたんです。

夜の八時過ぎでした。玄関チャイムが鳴ったと同時に「こんばんは」と知らない男性の声が聞こえました。こんな時間に誰かしらと思いながら玄関まで出てみると、タクシーの運転手さんが立っているんですよ。

「お電話ありがとうございます。お迎えにあがりました」

私は母と顔を見あわせ、きょとんとしました。だって、家族の誰もタクシーなんか呼んでないんですよ。どこか別な家と勘違いしていると思った母が、

「あの、お間違えではないでしょうか」

　そう訊ねると今度は運転手さんが首を傾げて、

「いや、でも[redacted]さんから〝自宅に迎車を寄こしてください〟と、電話でこちらのご住所を教えられたんですが」

　その言葉を聞いて、私と母は飛びあがりました。

　それ、父の名前なんです。

　前年に亡くなっているんです。

　運転手さんに平謝りでお帰りいただいてから、私たちは「お父さんてば、あっちへ帰るのに呼んだのかねえ」と、ちょっぴり身を震わせながら語りあいました。

　八月十六日、送り盆の夜の出来事です。

うしのおもいで

【日にちと場所／八月三十一日・東根市まなびあテラス】
【話者／県内在住の三十代女性、館内の図書館利用時に怪談会を知ったとのこと】

我が家はかつて曽祖父が牛飼いを生業にしていまして、その関係でしょうか、私が子供の時分にも一頭だけ牛を飼っていたんですね。とても可愛らしい子で、私もキャベツの切れ端など野菜屑をあげるのを、とても楽しみにしていたんです。

ところがある年、牛はほかの農家へ売られることになってしまいました。一頭だけ飼うのは費用がかさんでしまい、家計の大きな負担になっていたのかもしれません。

当日、トラックの荷台に乗せられて、牛は旅立っていきました。私はその様子を玄関の隙間からじっと覗いていたんです。悲しく、せつない別れでした。

と——いう思い出を、大人になってから父親に話したんですね。「昔、我が家で牛を飼ってたじゃない。目の可愛い子でさ」といったふうに。すると父が首をひねって、

「いや、確かに牛は一頭飼っていたけど、それはお前が生まれる以前の話だぞ」

調べたところ、たしかに牛を飼育していたのは私が誕生するより前のことでした。牛を売却した理由も、父の結婚にともない実家を広く改装するためだったようです。

けれども、私が記憶をもとに語った牛や小屋の描写は、当時の様子とぴったり合致するんだそうです。父自身が牛の世話をしていた際に見聞きした光景と、まったく一緒だというのです。

はじめは「お腹のなかにいるときの記憶かな」と思ったんですが、そうじゃないんです。だって、そのときには私はもちろん、母もまだ我が家にいないんですから。

じゃあ、私の憶えている牛との時間は、いったいどういうことなんでしょう。

石イボ

【日にちと場所／八月三十一日・東根市まなびあテラス】
【話者／県内在住の六十代女性、市報で怪談会を知り参加とのこと】

怖いというより「不思議だったな」って感じの話なんですけどもね。小学校のときですから、昭和四十年あたりだったかと思います。

手の指に硬いイボができたんです。私の地元では〈石イボ〉と呼ぶんです。鉛筆を握るにも痛いし、なにより年頃ですからイボひとつでも恥ずかしいでしょう。それですっかり困っていたら、祖母がイボを見るなり「墓だな」と言うんです。

「誰にも見つからないように墓場までこっそり行って、先祖代々の墓石に擦りながら〝治してくれ〟とお願いしてみろ。すぐに取れっから」

自信満々で断言するもので、私はもう驚いちゃって。でも、放置していてどうなるものでもありませんから――ある日の夕暮れ、墓場へ赴いたんです。

薄暗いなかを独りきり、抜き足差し足で歩いて我が家の墓までたどり着きました。石は湿っているし、びっしり苔生しているしでなんとも気味が悪かったんですが、背に腹は代えられませんからね。「治してください」と心のなかで唱えながら、墓石に石イボをごりごりごりごり擦ったんです。いいえ、当然その程度で取れやしませんよ。却って赤く腫れあがったくらいです。もう悲しいやら情けないやらでね。「祖母ちゃんなんか信じなきゃ良かったな」と後悔しながら、その日は眠りました。

ところが翌朝見てみると、イボがたしかに小さくなっているんですよ。結局、その日のうちにあれよあれよと縮んで、次の日にはもうすっかりなくなっていたんです。

祖母に知らせると、さも当然という顔で「ご先祖さまのおかげだ」と答えました。

「でも、絶対誰かに見つかってはならねえんだからな」

そのときは石イボが取れた嬉しさで「わかった」と生返事をしたのですが、いまになって考えると、ちょっと怖い言葉だなと思います。

もし他所《よそ》さまに見つかっていたら——なにが起きていたんでしょう。

吹雪の客

【日にちと場所／九月七日・庄内町文化創造館「響ホール」】

【話者／町内在住の六十代女性・文化講座を受講している縁で参加したとのこと】


地元タクシーの運転手さんから聞いた——いまから十四年ほど前の出来事です。

ある暮れの夜、庄内町《しょうないまち》はひどい天気になりまして。このへんは冬風が強いのですが、それに慣れている地元の人ですら外出をためらうほどの猛吹雪だったんです。都会と違い、もとよりお客さんの多くない地域。そこにきての荒れ模様とあって、運転手さんも「今夜は、もう誰も乗ってこないだろうな」と半ば諦めていたそうです。

ところが北余目《きたあまるめ》という駅に停車した直後、男女のふたり連れが「鶴岡市《つるおか》まで急いでもらえますか」と乗りこんできたのです。鶴岡までは車で三十分、けっこうな金額になります。「一日の最後に上客だな」と喜んだのですが、車が走りはじめてまもなく、運転手さんは、ふたりの様子がどうも妙なことに気づきました。

どちらも言葉を交わす気配がないんです。男性は長いため息を何度も吐くばかりで、いっぽう女性は俯いたままでずっと黙っている。喧嘩でもしているような、なんとも重苦しい雰囲気でした。気になったけれども「どうしました」なんて訊ねるわけにもいかない。しかも、運転に集中しなければ事故を起こしかねないくらいの荒天です。結局なにも喋れないまま、車は指定された住宅地に到着したんだそうです。

タクシーが停まるなり、男性が「お釣りは良いですから」と紙幣を二、三枚渡してきました。運転手さんは気前の良さに驚き、「お礼がてらせめてひと声かけなくては」と思って、降りぎわのふたりへ「お気をつけて」と——。

言えませんでした。科白は、途中で詰まってしまいました。

降りたのは男性だけだったんです。

女性、どこにも姿が見えなかったんです。

運転手さんは遠ざかる男性を呆然と見送っていましたが、いつまでもそうしてはいられません。退勤時刻が迫っていたからです。車を庄内町の営業所まで走らせつつ、彼は「会社に戻ったら、みんなにいまの出来事を教えてやろう」と考えていました。信じてもらえないにせよ、話のネタくらいにはなると思っていたのでしょう。

ところが営業所に戻ってみると、不思議な乗客の話どころではありませんでした。

「おい大変だ、事故だ。脱線だとよ！」

町内を走っていた列車が猛吹雪で脱線し、多くの怪我人が出ているというのです。営業所にいる全員がテレビのニュースに釘づけでした。そのあいだにも無線で続々と情報が入ってきます。どうやら何人かの乗客が亡くなったらしい——そんな話が届くころには運転手さん自身、我が身に起こった出来事をすっかり忘れていたそうです。

町内で起こった前代未聞の大事故とあって、翌日も営業所はあわただしい雰囲気に包まれていました。そんななかで呆然とテレビニュースを眺めていた運転手さんは、あっと息を飲みます。

画面に映しだされた犠牲者のリスト。そのなかに、昨日ふたりを送り届けた鶴岡の住所があったのです。該当の住所に住んでいたのは——女性でした。

「じゃあ、あの女の人は……男の人は知らせを受けて……」

そこではじめて運転手さんは、女性がいなくなった理由も、車内が重い空気だったわけも、すべてが腑に落ちたそうです。

暮れの時期に雪が降ると、きまってこの話を思いだします。

（筆者注：文中の「脱線事故」とは、二〇〇五年十二月にＪＲ羽越本線で発生した列車脱線事故を指す。庄内町の橋梁を走っていた「いなほ十四号」が猛烈な風に煽られ全車両が脱線。先頭車両が線路脇の小屋に激突して大破、複数の乗客が犠牲となった。この事故がきっかけで、ＪＲ東日本では列車運行時の風速規制が強化されている）

山の廃校

【日にちと場所／九月七日・庄内町文化創造館「響ホール」】
【話者／町内在住の女子中学生。図書館イベントの常連で今回も参加とのこと】

わたしの小学校では五年生になると合宿があって、廃校を改装した山の奥の施設に泊まるんです。上級生はバーベキューや林道散策をしたみたいなんですが、わたしの行った年は初日から最終日まで雨で、結局ずっと室内にいたんですよ。

みんな「厭だな」とか「早く帰りたいな」とか、先生に聞こえないようにこっそり愚痴ってました。あ、でも愚痴の理由は外で遊べないことだけじゃなくて——そこの施設、暗かったんです。うまく言えないんですけど、照明が悪いとか施設が古いとかじゃなくて、なんとなく雰囲気が暗いんです。学校だったころに校長先生が首吊り自殺をしたって——本当かどうか知らないですけど——そういう話も聞いちゃった所為で、なんか微妙に盛りあがらないまま、最後の夜になったんです。

それで、ウチの班は二階の教室に布団を敷いて寝てたんですけど、わたしはなんか眠れなくて。廊下に消火栓があるじゃないですか。ホースが入ってるやつ。その赤いランプが点いたり消えたりしてたんです。目を瞑《つむ》っても、赤い光がちかちか点滅するのが気になっちゃって。「ヤバい、寝ないと絶対帰りのバスで酔う」とか思いながら、仕方なく起きてたんです。

そしたら、わたしの隣の子の布団も微妙に動いてて。わたし、空気読むほうなんで「眠れないよね」と気を使ったつもりで話しかけたんですよ。そしたら――その子、唇を噛んでしくしく泣いてるんです。

「具合悪いの」って聞いたら、「違う」って。

「もしかして誰かに虐められたの」って聞いたら、それも「違う」って。

「じゃあ、どうしたの」って、ちょっとイライラして聞いたら――。

「子ども服を着た女の人が、廊下にいる」って。

わたし、空気読まずに「えっ」って叫んじゃったんですよ。それで同級生もみんな起きちゃって。でも、これ以上その子を怖がらせたらヤバいじゃないですか。だから全員で「夢だと思うよ」とか「みんないるから平気だよ」とか、必死で慰めたんです。そしたら、その子もちょっと落ちついたんで、わたし「もしかしたら、その女の子も同年代の私たちと友だちになりたいのかもしれないじゃん」って言ったんですよ。空気を読んだつもりで。ところがその子、それを聞くなり大声で泣きだしちゃって。

「子供じゃない。子供の服を着たおばあちゃんだもん。皺《しわ》だらけでこっちを見ながら、廊下を何往復もしてるんだもん」

その言葉で気がついたんです。

もしかして、消火栓の赤いランプ——点滅してるんじゃなくてランプの前を誰かが通過してるんじゃないかって。いや、それを言ったら他の子も泣くと思って、空気読んで黙ってましたけど。その後すぐに先生が教室に来て、泣いてる子を一階にある先生たちの部屋に連れて行って、騒ぎは静まったんです。翌朝会ったらその子はもう落ちついてたし、わたしも「錯覚だったかな」なんて思ったんですよ。

そしたら帰りのバスで、他の教室に寝てた子が「トイレ前の電灯の傘に、知らない女の人がずっと映ってた」とか言ってるのが聞こえちゃって。

あ、ウチだけじゃなかったんだって。

だから——やっぱり、あの廃校はなにかあるんだと思います。

アイスのカップル

【日にちと場所／九月二十八日・西川町図書館】
【話者／町内在住の三十代男性。図書館だよりで開催を知って来館とのこと】

滝不動《たきふどう》はご存知ですよね。上山市《かみのやま》にある、山形でいちばん有名な心霊スポットです。といっても私自身は怖がりなもので一度も訪ねたことはないんですが、それでも噂はいろいろと聞いてます。細い山道の脇にある滝壺にお不動さまの剣が刺さっていて、それをいたずら半分で抜いた人間は事故死するとか、高名な霊能者がテレビのロケで来たけど、ひとめ見るなり手に負えないと逃げ帰ったとか。そのへんが有名ですよね。

いまからお話しするのは、そんな滝不動で友人が体験した話です。

夏休み——と言っていたので学生時代の出来事なんでしょう。彼は友人たちと車に乗って、夜中の滝不動へ向かったんだそうです。ええ、そうです。こういった怪談のド定番、きもだめしに行ったわけですよ。

けれども、そいつは私に負けず劣らず大の怖がりでしてね。現地に来てはみたものの、滝不動に足を踏み入れるのはどうしても気乗りがしなかったようで「オレ、変なのが来ないか見張ってるわ」と平静を装いつつ、留守番を請け負ったんだそうです。

ところが友人、きもだめしは回避したものの大失敗をやらかしまして。運転手から車のキーを預かるつもりが、うっかり忘れちゃったんですって。ドアを開ける手段はないけど、仲間を追いかける気にもなれない。やむなく彼は滝不動脇の山道で、独りぽつんと仲間の帰りを待っていたらしいです。いや、怖かったと思いますよ。私なら絶対に厭です。

すると——エンジン音が聞こえてきたんです。見ると、街と反対側、峠の方角から車のヘッドライトが近づいてくる。友人は、「ヤンキーだったらどうしよう」と思ったようです。まあ、そういう輩《やから》が来そうな場所ですしね。怖がる気持ちはわかります。

姿を見せたのはヤンキーが乗りそうもない白のファミリーカーでした。白い車は安堵している彼の前で停まると、ゆっくり運転席のウインドウを下げました。乗っていたのは、男女のカップルだったそうです。自分たちよりもすこしだけ年上の優しそうなふたりだったと友人は言っていました。

「ねえ、なにしてるの」

「いや、ダチが滝不動に行ってて、オレは見張り役なんですけど」

「どうして車で待たないの」

「それが……鍵を受け取るの忘れちゃって」

男女はその言葉を聞くや顔を見あわせ「じゃあ、ウチらの車で待ちなよ」とドアを開けてくれたんだそうです。一見したかぎり危ない人間ではなかろうと思い、友人は誘われるがまま車に乗りました。

とはいえ初対面で、おまけに友人も寡黙な性格ときている。車内には微妙な沈黙がしばらく流れていたようです。と、助手席の女性がおもむろに膝のハンドバッグから、棒つきアイスを三本取りだし、「ちょうど人数分あるから」と薦めてきたんだそうです。

夜でも蒸すような夏の暑いさかり、おまけに食べているあいだは話さなくても座持ちがするでしょ。友人はアイスを受け取り、礼を述べてから食べはじめました。カップルも、黙々とアイスをしゃぶっていたそうです。

すっかり食べ終わるころ、遠くから仲間の声が近づいてきました。

「あ、もう大丈夫です。ありがとうございます」

友人がそう告げるとカップルは車からおりる彼を見届け、その場から去っていきました。

やがて、遠ざかるテールランプと入れ替わるように、仲間たちがてんでに騒ぎながら帰ってきたそうです。

「やべえやべえ」「こいつ、マジで変なもん見た」「あれは本当にヤバいって」

皆はなにかを目撃した様子でしたが、怖がりの友人はとても詳細など聞く気になれず、話題を逸らそうといいましがたの出来事を告げました。

「こっちは最高だったよ。カップルにアイスもらっちゃってさ」

話し終えると、その場が水を打ったように静まりました。やがて仲間のひとりが、

「おかしくない？」

そう言いました。

「保冷バッグじゃないんだろ。アイスなんて入れたら溶けるじゃん」

「しかもちょうど、三本出てくるなんて有り得るか」

「それ、どう考えてもお化けじゃん。なんでお前気づかないんだよ」

止まらない詰問にやや苛立って、友人は反論したそうです。

「お化けなわけないだろ。だって、ちゃんと向こうから車で来たんだぞ」

峠へ続く道を指した瞬間、別の仲間が「それ、無理じゃん」と答えました。

「この先、土砂崩れで封鎖されてんだけど」

そんな出来事がついさっき起こったんだよ——と、友人は言っていました。

ええ、帰ってきたその足で私の家を訪れて、興奮さめやらぬ口調で教えてくれたんです。

いやあ、彼としては信じがたい貴重な体験だったんでしょうけれど、こっちはそんな話を無理やり聞かされて困りましたよ。だって、私——大の怖がりなんですから。

そのとき「絶対に行かないぞ」と決めて以来、滝不動には足を向けてないんです。

シンがきた・その壱

【日にちと場所／九月二十八日・西川町図書館】

【話者／町内在住の六十代女性・友人に誘われて来館したとのこと】


私の地区では、誰かが亡くなる前に予兆が起こると「シンがきた」って言うんです。

ええ、昔からです。私が小さいころも地区のそちらこちらで聞きましたね。誰か病人がいると「シンきたどれ、いまいま死ぬなだ（訳：シンが来たぞ、今際のきわに死ぬだろう）」って、大人たちは当然のように言っていたものです。

（漢字でどう書くのか訊ねた私に）漢字は——ちょっとわからないですね。心なのか神なのか、漢字なんてないのかもしれません。みんな口には出しますけど、なにか書き留めた人はいないと思います。けれど、みんないまでも普通に信じていますよ。

ええ、もちろん私もです。

だって、主人が亡くなるときにもシンがきましたもの。

私の主人は五十代で亡くなったんです。それで死ぬ前の晩、家じゅうの雨戸やガラスが、風も吹いていないのに、がたがたがたがたっ、って一斉に揺れたんですよ。
「あ、シンがきたんだな。お父さんもう助からないんだな」って。
そしたら、やっぱり翌日に亡くなりましたもの。
だから信じているんです。

シンがきた・その弐

【日にちと場所／九月二十八日・西川町図書館】
【話者／町内在住の七十代女性・先ほどの話者の友人】

あの――シンなんですけど、私は漢字で「心」なんだとばかり思っていました。「そう書くんだよ」と聞いた記憶があったので。教えてくれたのは私のお舅《しゅうと》さんです。

ええ、うちのお舅さんも「シンがきた」のを耳にしています。

お舅さんには親友の大工さんがいたんですけど、この人が病気になりまして。「そのうち見舞いに行かなくては」と、お舅さんもずいぶん気にかけていたんですよ。

するとある日の夜中、がんがんがんがんっ、と屋根を叩く音が聞こえて。あまりの音にお舅さんは寝床から跳ね起きて戸を開け、屋根を確認したんですって。

けれど――屋根に登っている人どころか、あたりには誰の気配もない。

「ああ、これはシンがきたのか。友人は亡くなるんだ」

そう覚悟した三、四時間後に、親友宅から「先ほど死にました」と連絡があって。

それで、改めて「あれはやっぱりシンだったんだな」と思ったんだそうです。
真面目な人がそんなことを真顔で言うので、びっくりした憶えがあります。

シンがきた・その参

【日にちと場所／九月二十八日・西川町図書館】

【話者／町内在住の七十代女性・前のふたりとおなじ地区在住とのこと】


我が家の親戚も「シンがきた」のを聞いています。

私の主人は三十九歳のときに病気で入院しまして。軽くない症状だったので私は病室に布団を敷いて、なにがあっても良いようにベッド脇で寝泊まりしていたんです。

すると、それを聞きつけた弟とその家族が「毎日それでは大変だろう」と言って、ときおり替わってくれるようになったんです。

ある晩、弟の奥さんが病室に泊まっていたんですが、真夜中に下駄の音が聞こえてきたんですって。消灯後の廊下で、かたぁん、かたぁん、って音がしたんだそうです。

弟の奥さん、「病院で下駄なんて非常識な人がいるもんだ」と思っていたんですが、その足音が近づきも遠ざかりもしないのに気がついて、ハッとして。

「ああ、シンがきたのか。もう駄目なんだなあ」

そう思っていたら、あんのじょう翌々日に主人は亡くなって。

私はあとでその話を聞かされて、「やっぱり人が死ぬ前には、シンがくるんだな」と腑に落ちました。今日「他所にはそういう話がない」と聞き、逆に驚いています。

たづいでいいが

【日にちと場所／九月二十八日・西川町図書館】

【話者／町内在住の五十代女性・地域の伝承に興味があって参加とのこと】


十五年ほど前、西川町に伝わる民話の聞き取りをしていた時期がありまして。爺ちゃんや婆ちゃんへ「子供のころ聞いた話を教えてけろ」とお願いし、記憶をたよりに語ってもらうんです。地域文化継承が目的の、楽しい仕事でした。

あるとき、ひとりのお年寄りに話を伺っていたんです。ところがそのうち、民話にしてはちょっと妙な雰囲気になってきまして。「裏の家の誰々が〜」とか「昭和何年の秋に〜」とか、詳細がやたら具体的なんですよ。

それで詳しく聞いてみたら、なんとその話、男性が幼いころ実際に起こった出来事だというんです。手許に資料がないので憶えている範囲でしか話せないんですが――おおむね、このような内容だったはずです。

ある年の夏、集落に住む女性が月山筍《がっさんだけ》（筆者注：月山周辺に生えるネマガリタケの一種）を採りに山へと入りました。ところが月山筍を求めて山の奥へ奥へと進むうち、人の気配に気がついたんだそうです。

笹薮《ささやぶ》を見ると、いつのまにか四、五歳ほどの子供が彼女のあとをついてきている。古めかしい服装にぼさぼさの髪。獣のようなまんまるい目。なによりも集落では見かけない顔の子でした。訝《いぶか》しんだ彼女は「どっから来たや」と訊ねます。けれどもその子は、問いを無視して女性へ近づくと、

「たづいでいいが」

そう呟いたんだそうです。

「たづいで」というのは、このあたりの方言です。標準語の「取り憑いて」が訛ったものですね。つまり、その子は「取り憑いても良いか」と訊ねたわけです。

女性はすぐに「あっ、これは人の子じゃない」と悟り、わざと陽気に「たづがねでけろ（取り憑かないでくれ）、たづがねでけろ」とふざけて返しました。しかし子供はなおも「たづいでいいが。はらへったから、たづいでいいが」と近づいてきます。女性は明るい調子で「たづがねでけろ」と言い続け、その場から足早に去りました。

さて、無事に帰ってきたは良いものの、彼女はあの子供が口にしていた科白――はら

へったから——が、気になっていたのだそうです。あれが何者であるかは知りようもないが、空腹で取り憑こうとしていたのは間違いない。だとしたら、飢えたままでは危ないのではないか。いつか誰かに取り憑いて、この集落までやって来るのではないか——。

それを恐れた女性は、赤飯でこしらえた握り飯を手に山へ戻りました。山には誰の姿もありませんでしたが、それでも女性は持参した赤飯の握り飯を子供がいたあたりに供え、「たづがねでけろ」と手を合わせたそうです。そして、その場所に祠を建てると、一年に一度、ささやかな祭事をおこなうようにしたんだとか。この話を聞いたお年寄りによれば、ほんのすこし前まではお祭りも続いていたようです。

都会の人からすれば本当の話とは思えないでしょうね。

でも、西川町ではつい最近までこういう話がごく普通に語られていたんですよ。私自身、「鉱山掘りが狐に化かされた」なんて話を、幼いころに聞かされたものです。

だから、やはりここはそういう場所なんでしょう。昔も、いまも——。

シンがきた・その四

【日にちと場所／十月某日・仕事場のアパート】


「シンがきた」パートを執筆中の午後四時すぎ、玄関でチャイムが鳴った。

宅配便だろうかとドアを開けるも、人の姿はない。サンダルを突っかけて外を確認してみたが、やはり誰もいなかった。

これまでも〈見えざる来客〉は何度かあったので驚きはしないが、いま書いている内容を鑑みればあまり良い気持ちはしない。とはいえ身内や知人を含め、今日明日に亡くなりそうな人間は思いあたらなかった。

自身を鼓舞するように「シンは来ていないよね」と呟き、部屋に戻る。

三十分ほど過ぎたころ、再びチャイムが鳴った。

先ほどのこともあってやや緊張しながらドアを開けると、今度はきちんと人がいた。

警察官が立っていた。

「突然すいません、実はお聞きしたいことがありまして……」

警察官は恐縮した様子で真下の部屋に住む男性と交流があったかを訊ねてきた。階下に暮らしていたのは高齢の男性、顔を合わせれば挨拶くらいは交わす仲だった。そう告げるや「最後に見たのは何日か」「変わった様子はなかったか」などと、矢継ぎ早に質問が飛んできた。もしやと思い訊ねれば、やはり部屋で亡くなっていたらしい。いわゆる孤独死、連絡がつかないのを不審に思った不動産屋が、変わり果てた男性を発見したのだという。

「三十分ほど前に通報をもらいまして、これから検死になるんですが……」

警察官が口にした単語に、はっとする。三十分ほど前――。

嗚呼、やはりシンがきたのだな。

うわの空で警察官に相槌をうちながら、そんなことを考えた。居間の窓ガラスが、先ほどから何度も鳴っている。

怪談売買録・参

【日時】二〇一九年十月十四日
【場所】東北芸術工科大学・学生会館一階ブース

紙垂

【日時／十月十四日・午前九時十分】
【話者／山形市在住の六十代男性、孫の似顔絵を描いてもらいに来校とのこと】

一昨日《おとつい》よ、風すごかったべ（筆者注：大学祭の前々日に台風十九号が日本に上陸。山形県も各所で避難勧告が出される事態となった）。そんで、俺も夕方の六時過ぎによ、町内の神社を見に行ったんだわ。

違う違う、お参りなんかじゃねえって。でっかい社務所があっからよ、いざというときは避難所になっかなと思って。神主が同級生なもんで融通きくんだ。

ほんで境内に行ったればよ。神主が、ほけえっ、と立ってんだわ。本殿の前でよ。昔からそういうヤツなんだ。んだがら「あの馬鹿助」と思って「おい、なにしてんな。台風来っぞ」って言ったれば、答えもしねえで本殿を指すのよ。

なんだやと思ったら——紙あるべ、紙。あのプラプラッってぶら下がってるやつ。

（私、それはしめ縄などに吊るされる紙垂《しで》のことかと問う）

んだ、たぶんそれだ。

そいつがよ、動いてねえのさ。

鈴が強風でガランガラン鳴って、椿の木や板塀まで揺れてんのによ、鈴の隣にある紙はふわりともしてねえの。それも一枚でないんだよ。全部。

しばらくふたりで見てたけどよ、雨が強くなったもんで帰ってきたわ。

いや、神主はたいしたことねえヤツだけど神社は別なんだなあと思ったよ。おお。

名所

【日時／十月十四日・午前九時三十分】

【話者／県内N市在住の三十代女性、台風で旅行が中止になり、近場の学祭に来校】


二年前、ウチの会社が地元ホテルで大規模な忘年会を催したんです。取引先も多数招いたので受付が必要になって、私と同僚の女子社員がその役を任されたんですよ。

でも、参加者は何十人もいるわけで、全員どっと一気には来ないじゃないですか。おかげでずっと受付に立ちっぱなしで——そのうち、トイレに行きたくなっちゃって。

私もしばらくは我慢してたんですが、とうとう堪えきれなくなって。お得意さまと談笑していた同僚に「ごめん、ちょっとだけ抜けるね」って小声で言うと、おんなじフロアのトイレに駆けこんだんです。

それで、無事に用を済ませて洗面台で手を洗っていたら——。

「おいてかないで」

抑揚のない声が背後で聞こえたんです。

反射的に振りかえったけど、個室のドアは全部開いているんですよ。ぎょっとしてそのまま固まっていると——今度は目の前の排水口から、

「おいてかないでえっ」

笛みたいに、細い声が。

それで慌ててトイレを飛びだしたら、受付に同僚の子がいないんですよ。忘年会に来たお得意さまが数名、所在なさげにぽつんと立ってるんです。私、いま起きたことなんかすっかり忘れて平謝りでした。すると、そこに同僚が帰ってきまして。

「ごめんごめん。ちょっと下の階のトイレに行ってたの」

悪びれもせずに笑ってるもんで、私もカチンと来ちゃって「あのさ、せめて近くのトイレを使ってくれない」と文句を言ったんです。

そしたら同僚、「だって……あそこ有名なんだもん」と顔を曇らせてね。

「有名ってなにがよ」

「……あのトイレ、前に自殺した人が〝出る〟っていうから気味が悪くて」

もう私、その場で叫んじゃいましたよ。

あとで聞いたら、そこ——かなりの〈名所〉だったみたいです。

私は声だけで済みましたけど、なかには「見ちゃった」人もけっこういるらしくて。なんでも首が異様に細長くて、顔が真っ黒に膿んでるんですって。だからたぶん——首吊りだったんでしょうね。

そんなわけで、去年の忘年会は親戚が亡くなったと嘘をついて休みました。だって、参加したら絶対に受付を任されるんですもの。トイレに行くの、もう御免なので。

今年はどう言いわけしようか、いまから悩んでます。

規則

【日時／十月十四日・午前九時四十五分】
【話者／県内在住の四十代女性、友人に誘われて学祭へ初めて来たとのこと】

わたしは看護師なんですけど、長く病院に勤めていると——やっぱりありますよ。空っぽの病室からナースコールが聞こえたとか、亡くなったはずの患者さんが廊下を歩いていたとか。まあ、はっきり言えば、その程度の話は珍しくもないんですけど。ひとつだけ——印象に残っているエピソードがありまして。

ウチの病院、駐車場の一角にタクシー乗り場があるんです。最近はタクシーを利用する高齢の患者さんも多いので、つねに何台かは停まっているんですけど——お盆の時期になると、何人かの運転手さんが青ざめた顔で院内に飛んでくるんですよ。

「さっきここから乗せたお客さん、途中でいなくなっちゃったんだけど」って。

そういうときは落ち着くように諭してから、乗せた患者さんの特徴を聞くんです。すると、きまって前の年に病院で亡くなった人とそっくりの容貌なんですよね。

面白いのは――その「消える患者さん」があらわれるの、初盆の年だけなんです。二年目にも姿を見せたって報告は、絶対にないんですよ。

それって、初年度は亡くなった場所にまず戻って、そこ経由で自宅に戻らなくちゃいけないってことでしょ。「そういう規則が、〈向こう〉にもあるのかしらね」って、同僚と毎年かならず話題になりますね。

ええ、毎年です。今年の夏も青い顔して運転手さんが来ましたよ。ふたり。

あ、そういえばお盆との関係はないんですが、似たような体験をした運転手さんをほかにも知ってます。この人のお母さんなんですけど。

（と、隣にいた同伴の友人を無理やり座らせる）

よそゆき

【日時／十月十四日・午前九時五十分】

【話者／県内在住の三十代女性、「規則」の友人を誘って来校。学祭は二度目】


友だちが言ったとおり、私の母はタクシードライバーでして。

母によれば、最近は乗客の半分くらいが買い物や通院のお年寄りなんだそうです。定期的に利用するので自然と顔見知りになるみたいですね。特に、山形ではまだ女性ドライバーが珍しいのか、顔や名前を憶えてもらいやすくて、指名が多いらしいです。お年寄りも慣れてる人のほうがいろいろと楽なんでしょうね。

ある日、母はそんな常連さんのひとりから指名で呼び出されたんですって。

八十過ぎのおばあちゃんで、市内の病院へ月に一、二度送迎していた方だったとか。ただ、数週間も音沙汰がなかったもので、母は「元気かしら」と心配していたんです。そんな矢先の連絡だったため、母も胸を撫でおろしながら車を配送したんですよ。

自宅に到着すると、いつものようにおばあちゃんがにこにこ微笑んで玄関に立っている。

けれども——そのいでたちが普段とはまるで違ったらしくて。

鮮やかな着物に、高級そうな帯。髪はぴっちりまとめあげられていて、胸には紺の上品な風呂敷を抱えている。つまり、よそゆきの和装だったんです。

車に乗りこむなり、おばあちゃんは「いつもの病院へお願いします」と告げました。

「どなたかのお見舞いですか」

とても病院へ行くとは思えない姿に戸惑った母がそう訊ねると、彼女は嬉しそうに「ちょっとお礼を申しあげに」と笑ったそうです。妙な返答に違和感をおぼえながら、母は車を発進させました。

運転中もおばあちゃんと会話を交わしたのですが、やっぱりなんだか噛みあわない。惚けているわけではないようだけど、「ありがたい」とか「良くしてもらって」とか、要領を得ない答えばかりが返ってくる。不安になったものの、あくまで運転手と客の関係ですから、根掘り葉掘り聞くわけにもいきません。母は適当な相槌を打ちつつ、おばあちゃんを無事に病院の前でおろしたそうです。

さて、再び市街地へと戻っていた矢先、配車を要請する無線が入りました。

「[redacted]さん宅に一台お願いします」

母は驚きました。それ——おばあちゃんの家なんです。

いましがた病院まで送り届けた、おばあちゃんの住宅なんです。

胸騒ぎを感じながら到着すると、玄関に立っていたのはその家のお嫁さんでした。こちらはいつもの洋服姿で、おまけになんだか慌てている様子なんです。お嫁さんはタクシーが停まるなりあたふたと乗りこんできて「[redacted]病院まで急いでください」と早口で言いました。[redacted]病院とは、おばあちゃんを送ったばかりの場所です。

ああ、そうか。おばあちゃんの忘れ物を届けるのかな。やっぱりお見舞いなんだ。

納得できる理由を見つけた母は、安堵感から「お義母さん、今日はきれいなお着物でしたねえ」と、なにげなく話しかけたんだそうです。すると、お嫁さん——。

「ちょっと、冗談でも言って良いことと悪いことがあるでしょッ」

ものすごい剣幕で怒りだしたというんです。

なにがそんなに気に入らなかったのか——呆気にとられる母に向かい、お嫁さんは「どこで聞いたか知らないけど、こんな日にふざけないでよ」と、さらに吠えました。そのあまりにも刺々しい口ぶりに、さすがの母も腹が立ったんだそうです。

「ふざけてなんかいませんよッ。私は、さっき乗せたおばあちゃんのお着物を素直に褒めただけですッ」

　すると、お嫁さんが急に態度を一変させて「嘘でしょ」と呟きました。

「だってうちの義母、先週からあの病院に入院してたのよ。それが、ついさっき亡くなったと連絡をもらったので、いまから対面しに行くのよ」

　病院に到着するまで、母もお嫁さんも震えっぱなしだったそうです。

　母はこの一件がよほどショックだったみたいで、いまでも折にふれては「あんなに幽霊がはっきりしているものだとは思わなかった。私たちは、絶対そのへんで幽霊とすれちがっているはずだ」と、かたくなに主張しています。怖がっている母には悪いんですが、私自身は「良い話だなあ」と思えてならないんですよね。

　おばあちゃん、最後はご自慢の一着で〈あっち〉に行きたかったんでしょうねえ。

いまも

【日時／十月十四日・午前十時十分】
【話者／山形市在住の三十代男性、夫婦で久しぶりに来校とのこと】

僕も妻も、ここの卒業生なんです。

懐かしいなあ、十年前もこんな雰囲気でしたよ。屋台が並んでいて、学生の展示があって、ハンドメイドのブローチや絵葉書を販売していて――僕はそれを支える裏方、大学祭の実行委員だったんですね。

実行委員って、本番より準備が大変なんです。前の晩なんか、みんな泊まりこみで設営や駐車場の整備、あとは館内の巡回をするんです。フライングで前日から酒盛りするような学生もいますから。それで、夜中の二時あたりだったかなあ。僕は本館を見まわっていたんですよ。すると、懐中電灯を手に館内をチェックしていたら。

声がしたんです。

ほら、うちの大学って本館が二階から七階まで吹き抜けになってるでしょう。あの吹き抜けじゅうに、あきゃきゃきゃきゃきゃきゃ、って子供の笑い声が響いているんです。

数時間前に施錠したんですよ。真っ暗だし、エレベーターも止まっている。大人はおろか子供なんているはずがないんですよ。懐中電灯で照らしてみたけど、もちろん人がいる様子はない。で、自分を納得させようと「風でしょ」って言った瞬間、
きゅっ、きゅきゅきゅきゅきゅきゅっ——って靴音が聞こえたんです。子供が良くやる、ダッシュして足でブレーキかける遊び、あんな感じの音で。

逃げましたよ。我ながら「よく転ばなかったな」と思う速さで階段を駆けおりて、本館を飛びだし、大学祭本部のテントに向かいました。そしたら、前夜だけヘルプで来てくれた実行委員OBの四年生が、パイプ椅子で仮眠を取っていたんです。

彼を揺り起こし「あの、いま本館で」って報告したら——最後まで言わないうちに、「吹き抜けでしょ。気にしないで、去年もその前もあったから」

本当はその後も巡回担当だったんですけど、行ったふりしてサボっちゃいました。

もしOBの発言が本当なら——いまもいるんですかね、あれ。

ゲンちゃん

【日時／十月十四日・午前十時五十分】
【話者／県内在住の五十代男性、学生の絵画を毎年購入しており、今年も来校】

怖くはありませんが、ちょっと不思議だなあと思う話はひとつありますよ。

私が子供のころですから、昭和の中期ってことになりますかね。実家に牛乳を配達してもらっていたんです。いまじゃすっかり見なくなりましたが、当時はどの家にも牛乳用のポストが玄関脇や勝手口にあって、そこに瓶をスポンと入れてもらうんです。回収係は子供の役目でね、我が家でも幼い私が任されていました。

いえいえ、じっとポストの前で待ってるわけではないんです。牛乳が配達されると、瓶の重みでポストが、ことん、と鳴るので、それを聞いて玄関まで駆けだすんです。すると、ゲンちゃんが——あ、ゲンちゃんというのは牛乳配達のお兄さんでしてね。なんといいますか、表現が難しいんですが——心が子供のままの人、と言えば、理解してもらえますかね。昔はそういう人も身近に暮らしていたもんです。

私が表に出ると、いつもゲンちゃんが立っていまして「牛乳でえす」と嬉しそうに言うんです。その言葉も含めて、ゲンちゃんは自分の仕事だと思っているようでした。朝の牛乳配達以外は、いつも近所をほっつき歩いていましてね。たまに神社の境内をぐるぐる走っていたり、道端にしゃがんで行き交う車の数を勘定したりしていました。

そんなある日、近所のガキ大将が「内緒にするなら、すごい秘密を教えてやる」と私に話しかけてきましてね。はて、すごい秘密とはなにかしらと思いつつ、私は彼に誘われるがまま近所の空き地へ向かったんです。

いたのは、おなじように呼ばれたらしき近所の子供数名と、ゲンちゃんでした。

悪ガキは私たちを見まわしてから「あれ、見せてやれよ」と、にこにこ笑っているゲンちゃんの胸に温度計を押しつけました。そうそう、この温度計も牛乳屋さんがくれたものです。長方形の板に温度計が据えられているんですが、下のほうに牛乳屋の店名が書かれているんです。一種の販促グッズだったんでしょう。

ゲンちゃんは悪ガキへ「うんっ」と大きく頷いてから、温度計の両端をつかんで、手にしたそれを睨みはじめました。すると——目盛りがぐんぐん上がっていくんです。

たしか当時は秋口で、日中でも二十度あるかといった気温でした。しかし温度計の赤い目盛りは見るまに三十度を超え、三十五度に迫っているんです。もちろん、手で温めたり息を吹きかけるような真似はしていません。

〈すごい秘密〉は、一分半ほどで終了しました。疲れた表情のゲンちゃんをよそに、私たちは興奮していました。当時は超能力ブームだったのです。

「ゲンちゃん、すげえなあ」

ひとりが言うと、ゲンちゃんは「うん、オレはすげえ」と手を叩きました。

「これ、テレビに出られるよ」

「うん、オレはテレビに出られるッ」

はしゃぐゲンちゃんを、ガキ大将が「まだだ、もっと上手にならないとテレビには出られないぞ」と諫《いさ》めました。

「ゲンちゃん、練習しろよ。でも、大人に見つからないよう気をつけるんだぞ」

彼の勝手なアドバイスにも、ゲンちゃんは「うん」と素直に頷いていましたよ。

それから私たちは幾度となく、ゲンちゃんに〈特技〉を見せてもらいました。何度やっても、温度計はきちんと上昇したのです。ただ、ゲンちゃんはそれ以上のことはできませんでした。ほかの子から聞いたところによれば、ガキ大将はそれにご立腹で「紙を燃やすとか炎を噴くとか出来るようになれよ」と、さかんに特訓をけしかけていたようです。

ところが――それからまもなく、ゲンちゃんは牛乳配達に来なくなりました。

死んだからです。

河原にある草むらで、焼死しているところを発見されたんですよ。

親父は、「おおかたマッチかなにかで遊んでいたんだろ。最後まで馬鹿なやつだ」と言っていましたが――私は違うと思っています。ええ、そういうことです。

あの日みんなで集まった空き地もゲンちゃんが死んだ草むらも、すでにありません。いまは、それがちょっと寂しいですね。

うさぎの妖怪

【日時／十月十四日・午前十一時三十分】
【話者／山形市在住の三十代女性、ママ友とランチのあとに来校】

あの、ちょっと質問があって、こちらに来たんですけど。

〈うさぎの妖怪〉って有名なんでしょうか。あ、知らない。聞いたことがない。

いえ、実はね。私の母が高校時代に〈うさぎの妖怪〉を目撃してるんですよ。

ある日の放課後、母は学校の図書館で同級生ふたりと本を読んでいたそうなんです。いえいえ、文学少女とかではないんです。単純に仲良し三人組でお金を使わず遊べるところが学校の図書館だった、というだけみたいです。「図書館にいたと言えば、親も勉強していると勝手に思ってくれるじゃない」なんて本人は笑ってましたから。

すると、書架をうろついていた同級生のひとりが「変なの見つけた」と言いながら、一冊の本を手に帰ってきたんですって。それが〈お化け系の本〉だったらしいんです。

いや、作者やタイトルは聞きませんでした。母もたぶん憶えてないんじゃないかな。

で、ともあれ母たちは本に掲載されている妖怪を見ながら「変な名前だね」とか「特徴がおかしいよ」とか笑っていたそうです。すると、あるページに、さっきから口にしている〈うさぎの妖怪〉が載っていたんですって。

それが――思っていたより怖いお化けだったそうでね。

名前のとおり、身体は人間で顔はうさぎらしいんですが、「目が合ったら狂うか死ぬ。しかし、[redacted]の六文字を言えば助かる」なんて書かれていたというんです。どんな六文字だったかを母にも聞いてみましたが、なにぶん昔のことなので、全部は思いだせないんですって。でもまあ、どれほど特徴が怖くても顔はうさぎですからね。母たちも「なにこれ」「冗談でしょ」と、大爆笑でその場は終わったんだそうです。

ところが、その日の夜――母は悪夢にうなされて。本人いわく内容はまるで憶えていないけどとにかく怖い夢で。しかも夢のなかで「これは現実じゃない」って自覚はあるらしいんですが、それでも自由が利かない。どうにかして脱出しようと暴れて暴れて暴れて、ようやく目が覚めた瞬間。

「[redacted]っ！」

あの六文字を無意識に叫んでいたというんです。

しかも、自分の発した言葉に驚いていると——部屋を去っていく後ろ姿が見えたというんですよ。人間のふくらはぎと、うさぎのシルエットそっくりの後頭部が。

でも、起きぬけって意識がぼんやりしてるじゃないですか。だから、母は「現実と夢を混同したんだな」とおのれを言い含めて、再び眠ったんだそうです。

ところが翌日学校に行ってみると、図書館で一緒だったあの同級生が、ふたりとも欠席しているんです。先生の話によれば、ひとりは昨晩遅く高熱を出して救急搬送。もうひとりは朝から連絡が取れなくなっているとか。結局、熱を出した子は数日後に復帰したんですが、休みがちになって留年したすえに中退、もうひとりはその日以来連絡が取れないまま、卒業まで学校に来なかったそうです。

母は長らくこの出来事が気になっていたみたいでね、幼い私を図書館に連れていくたび、司書の方に「うさぎの妖怪が載っている本はないですか」と聞いていました。

そんなわけで今日、こちらへお邪魔したんです。生真面目で、冗談ひとつ言わない母がそんな嘘をつくとは思えなくて。そうですか——うさぎの妖怪、知りませんか。

(話者、私の怪談収集ノートに電話番号を記し)

もしも情報が得られたら、私に連絡もらえませんか。よろしくお願いしますね。

この子どこの子

【日時／十月十四日・午後十二時五分】

【話者／四十代前後とおぼしき女性、来校理由などについては不明】


あの、私この大学祭が楽しみで、毎年来てるんですね。それで、こちらのブースも目にしていたんですが、ちょっと近よる勇気がなくて。

だって、子供がいつも。ええと、あの、どこの子ですか。

毎年おなじ背格好って変ですよね。今日も、ちらちら見えるんですけど。

あれって――あ、良いです良いです。ちょっともう私、無理です。

（意味がわからず問いなおす私を無視して、女性は出口へ足早に去っていく）

読むな

【日時／十月十四日・午後十二時十五分】
【話者／仙台市在住の四十代男性、ＳＮＳで知りあった学生と会うため来校】

専門学校のとき、先輩からカワサキの〈ケッチ〉っていう中古のバイクをもらったんですよ。そしたら、やっぱり試走したくなるじゃないですか。で、気の向くままにアクセルをふかしながら郊外を走っていたんです。

ところが俺、途中で迷っちゃって。車の多くない道を選んでいたら、いつのまにか知らない場所に来ちゃったんですよ。日は暮れかけてるし、スマホもナビもない時代だし。ただ、周囲に人家が何軒か建っていたので、そこまで不安はなかったんですけどね。それで「国道に出る標識でもないかな」と思って、ゆっくり走っていたら——十数メートル先に、飲みものの自販機を見つけたんです。

見ちゃったら、やっぱり飲みたくなるじゃないですか。それで、休憩がてらコーラでも飲もうと思って近づいたんですが——もう非道いんです。電源も点いてないし、ショーケースのプラスチックは割れてるし、あっちこっちがベコベコに歪んでるしで、あきらかにスクラップ状態なんです。

俺も喉の渇きに気づいちゃったもんだから、飲めないとアタマに来るんですよね。「置きっぱなしにしないで、撤去するなり新品に交換するなりしろよ」なんて怒って、腹いせに蹴り飛ばそうと近づいたら——固まっちゃいました。

落書きだらけなんです。スプレーだと思うんですけど、電話番号とか卑猥な言葉が前面にも側面にも隙間なく書かれているんです。ほら、なんでしたっけ。お経の怖い話みたいに（筆者注：「耳なし芳一」のことと思われる）びっしりと。あまりの異様さに「やべえな」と思いながら眺めてたんですけど、そしたら側面にひときわ大きい文字で書かれている女性の名前が目に留まったんです。良くある名前なんですけどね、おかしいのはその人名、青のスプレーで大きく〈読むな〉と上書きされてるんですよ。

まあ普通は読みませんよね。読むなって言ってるんですから。

ところが、長時間バイクを乗りまわしていたんで頭が働いてなかったんでしょうね。俺、声に出して読んじゃったんです。〈読むな〉のスプレーで潰された、その名前を。

「[redacted]田……[redacted]子」

その途端——ばんばんばんばんッ、って自販機が内側から激しく叩かれたんです。あの重い筐体《きょうたい》が転倒しそうな勢いで、がったんがったん揺れてるんです。

俺、最初はドッキリだと思ったんですよ。テレビかなんかの企画で、お笑い芸人がどっかに隠れてるんじゃないかと考えたんです。それで周囲を見わたしたら——。

まわりの家、ひとつも電気が点いてないんです。ここら一帯すべて廃屋なんですよ。思わず「うわ」って叫んだ瞬間、自販機の缶を入れる前面部分が内側から開いて。

いやいやいやいや、無理無理無理。慌ててバイクに乗ってエンジンかけて、一目散でした。

その後、めちゃくちゃに走ってなんとか国道に着いたんで、自販機があった場所がどこだったのかは、いまだにわからないんですよ。気にはなりますけれど、もう一度行きたくはないですね。なんとなく——あの自販機、まだありそうな気がして。

ふだべや

【日時／十月十四日・午後十二時五十分】
【話者／県内在住の三十代女性、家族サービス目的で子供と来校とのこと】

私の実家は宮城県のK市なんですけど、築百五十年で古いんです。だから「昔の家あるある」で、部屋数がとても多いんですね。茶の間とか大広間とか仏間とか。で、そのひとつに〈ふだべや〉があるんです。お札《ふだ》の部屋だから、ふだべや。

八畳ほどの和室なんですけど、いろんな神社でもらってきたお札を、部屋じゅうにびっしり貼っているんです。普通、神社で買ったお札は正月にどんど祭とかで焼きますよね。ところがウチは絶対に焼かないんです。一枚残らず保管して、〈ふだべや〉の壁や柱や天井に貼り直すんですよ。ざっと数百枚はありますね。だから、壁の目地や天井の木目は、ほとんど見えません。

絶対に変でしょ。私も疑問に思って、子供のときに祖父母へ理由を訊いたんです。すると、「あの部屋では、山の神さまを祀っているんだ」と教えてくれました。でも、大人になってまわりに聞いてみたら、そんな風習をしている家は一軒もないんですよ。我が家だけなんです。まあ、それだけなら「変わった家なのね」で終わるんですけど。

その部屋、実際に変なんです。

そこで寝ると百パーの確率で、首を絞められたような感覚に襲われるんですよ。

ええ。私も幼いころから、何度も〈ふだべや〉で寝ています。

両親が非道い風邪を引いたときや祖父が亡くなったときには、〈ふだべや〉を寝室としてあてがわれるんです。すると、きまって夜半すぎに苦しさで目を覚ますんですよ。正確には首を絞められるというより、〈よくわからない形の大きなもの〉が、首の上に乗ってくる感覚ですかね。一度じゃないんです。夜明けまで何度でも続くんですよ。

だから、あまり寄りつかなかったんですが――数年前、久々にトライしたんです。

そのころ、父が「老後を見据えてバリアフリーにしたい」と言いだして、我が家を大幅にリフォームすることになったんです。そこで私、改修前に〈ふだべや〉で寝てみようと思いまして。もう大人だし、大丈夫かなと。ええ。

十数年ぶりに入った〈ふだべや〉は、あいかわらず異様な雰囲気でした。

微妙にお札の数が増えていて、古い黄ばんだお札と新しい真っ白なお札がまだらになっているんです。剥がれかけのお札が、隙間風にぱたぱた鳴っていたりなんかして。一瞬、「やっぱ止めようかな」と怯んだんですが、「チャンスは二度とないんだし」と覚悟を決めたんです。で、布団を敷いて、いざ寝ようとしたら――。

ばちばちばちばちばちっ――と電球がものすごい速さで点滅してから、消えたんです。蛍光灯ならわかりますけど、白熱球なんですよ。点滅して消えるなんて変ですよね。「あ、やっぱ無理」と、すぐに退散しました。

（最後のチャンス、惜しかったですねと言った私に）

そう思うでしょ。ところが――まだあるんですよ、〈ふだべや〉。

両親は「部屋はすべて一新する」と言っていたのに、リフォームを終えた我が家を訪ねてみたら、〈ふだべや〉のみ手つかずなんです。襖から柱にいたるまで、そこだけ古いままなんですよ。父に聞いても「まあ、あそこは良いんだ」と歯切れが悪くて。異様ですよ。いまっぽい洋間のなかに、ぽつんと古びた和室が残ってるんですもの。

もしも両親が亡くなったら、あの家の管理を任されるのはたぶん私なんですよね。〈ふだべや〉をどうしようか、いまから悩みの種です。

ユトレヒトの手

【日時／十月十四日・午後一時ちょうど】
【話者／オランダ出身の三十代男性、パートナーに誘われて来校】

日本のオバケは知らないです。でもオランダのオバケは会ったことあります。わたし、オランダのユトレヒト大学に通っていました。ユトレヒトは、いろいろな場所に学部があって街がキャンパスみたいです。大学は大きいの学校の意味でしょ。でもユトレヒトは普通より大きいだから大大学ですね。そのくらい大きい。

わたしは医学部の学生でした。新しいメディカルセンターもありますが、わたしがいたのは古い建物で、昔は眼科の病院でした。歴史があるのですが、あんまり明るくない感じのところです。昔の手術道具とか展示されています。ちょっと怖い。

わたしはトイレに行こうと廊下を歩いていました。そこに手が触ったんです。肩に誰かが手を乗せたんです。「ちょっと待ってください」と呼ばれたように思いました。でも、振りむいたら誰もいませんでした。廊下は静かで、光が青かった。お昼なのに、寒い太陽の光でした。

わたしはその日、教授に会ったので「ここにはオバケがいますか」と聞きました。教授は「それはオバケだと思いません。きっと魔女でしょう」と教えてくれました。ユトレヒトのアウデウォーターには、ヘクセンワーグという〈魔女の家〉があります。十六世紀には、魔女だと思われたので裁判にかけられる女性も多くいました。だから教授は、ユトレヒトに出るのはオバケじゃないと言ったと思いますね。

そういえばわたしに触った手は女性のような指でした。だからわたしも、あの手は魔女なのかなと考えました。医学生なのに魔女を信じてしまうのは、とっても面白い経験だったと思います。

日本では、まだオバケを見ていません。残念ですね。

まだいる

【日時／十月十四日・午後一時二十分】

【話者／県内О町在住の三十代男性、本校の卒業生で自身も出展中】


先月の夜、実家でテレビを観ていたんですよ。「本当にあった」的な、実話ベースの再現ドラマをゴローちゃんと子供たちが見るアレです。私、大好きなんですよ。

「今年は全体的に出来が良いなあ」なんて思いながら楽しんでいたんですけど、いよいよ番組もクライマックスというあたりで——おかしなことに気づきまして。

部屋が線香くさいんです。なんなら、ちょっと煙ってるんですよ。

見ていた番組が番組なもので、ちょっと興奮してしまって。勢いのままにSNSへ「怪奇現象だ！」とか投稿してみたんですけど、そのあいだもにおいは薄まる気配がないんですよ。さすがにちょっと怖くなってきましてね。

それで「これは親がお香でも焚いてるんじゃないか」と考えまして。いや、両親にそんな趣味はなかったんですが、そうとでも思わなきゃ説明がつかなくて。

なので私、別な部屋にいた父へ「あのさ、お香とか始めた？」と訊いたんですね。

「……なんで」

「いや、うっすらと……いや、けっこう強めに線香のにおいがするから」

その言葉を聞いて父はしばらく考えこんでいましたが、ふいに——。

「送ったが？」

それでハッとしました。

今年、迎え盆の火は焚いたんですが、送り火はなんだかんだでバタバタしていて、両親に頼まれたのをすっかり忘れていたんです。

「なるほど……だから、まだいるのか」

ピンと来た私は、すぐに申しわけ程度の送り火を玄関先で焚きました。家のなかに戻ると、あれほど強かった線香のにおいはすっかり消えていたんです。

怖い話をしているとそういうモノが寄ってくる——そんな仮説を実証できたように思ったんですが、単にご先祖から窘《たしな》められただけという、そんな話です。

愛煙

【日時／十月十四日・午後一時四十分】

【話者／県内某町在住の三十代女性、家族と近くの公園へ遊びがてらに来校】


へえ、不思議な話を買うんですか。ほかの方はどんな話をなさっているんですか。

（私、直前に拝聴した「まだいる」の逸話を教える）

ああ——お線香といえば一度だけ、子供時代にあったなあ。

わたしの郷里は、福島市の方木田《ほうきだ》という昔ながらの住宅街でして。駅にも近い場所なんですが、それなりに田舎っぽさの残る地区でした。そんな田舎の証明というわけでもないんですけど、夏休みになると親族が集まってお墓参りに行くんですよ。

その年は、祖父の——ええと、何回忌だっけな。とにかく亡くなって節目の年で、いつもより多めに親戚がやって来たんです。

みんなでお寺に行って、花を供えて墓石に水をかけて、「さあ拝みましょう」という段になったら、ひとりが「タバコを供えてやろう」と言いだしたんですね。たしかに祖父は愛煙家で、真っ青な丸い缶に入ったタバコをいつも机の脇に置いていたんです。親戚がシャツの胸ポケットからタバコを取りだし、そのうちの一本をお線香みたいに、とん、と墓石の前に立てて火をつけました。

「これで祖父《じい》ちゃんも大喜びだな」誰かの科白に、全員が笑ってから合掌しました。わたしも大人たちに倣《なら》って瞑目していたんですが、突然「あれっ」と祖母ちゃんが叫んだんです。その声に思わず目を開けると――いやあ、驚きました。

タバコ、フィルター部分を残してほとんど灰になっているんです。

火をつけてからほんの三十秒かそこらですよ。しかも置いているだけなんですよ。私はタバコを吸わないので詳しくありませんが、いくらなんでも有り得ないでしょう。

ただ――親戚の誰ひとりとして、怖がっている人間はいなかったです。普通に納得している様子でね、父なんかは「いや、美味そうに吸うもんだ」と感心していました。

うちの親戚がみんな呑気なのか、それとも地域自体がそういうものを受容する土地だったのか。いずれにせよ、忘れられない墓参りにはなりましたけど。

そういえばしばらく方木田にも行ってないですね。来年あたり、久しぶりに帰ってみようかなあ。

治療

【日時／十月十四日・午後二時五分】
【話者／県内在住の二十代女性、本校の学生とのこと】

私の家、山形の北部にあるんですけど。田舎の農家なんで独特の風習があるんです。神棚に、ひし形の白い紙が下がってますよね。（私、それは紙垂のことかと訊ねる）ちょっと名前はわかんないですけど――ええと（おもむろにスマホをいじり検索、紙垂の画像をこちらに見せる）あ、これです。紙垂って言うんですね。それを貼るんです。怪我したところに。

祖母がやってくれたんですけど、たんこぶとか切り傷があると、神棚からこの紙をむしり取って、口のなかでむにゃむにゃ良くわからない言葉を唱えてから、負傷した箇所に押しつけるんですよ。で、「半日くらい押さえとけ。治っから」って言うんです。するとね、本当に翌日にはすっかり治ってるんですよ。

とち蜜（筆者注：蜂蜜《はちみつ》の一種で火傷《やけど》などに効くとのこと）とか湿布より、はるかに治りが早いんです。ほかの家でも普通にやってる治療だと思ったので、大人になって「そんなの知らない」と言われたときは、ちょっとカルチャーショックでしたね。

あ、もうさすがに紙垂は貼らないです。いま住んでるアパートには神棚がないし、我が家のヤツはもう使えないんで。

祖母の四十九日が過ぎたら、神棚の紙垂が墨を塗ったみたいに一枚残らず黒ずんで、ぼたぼた落ちちゃったんですよ。だからもう、駄目です。

のぞく

【日時／十月十四日・午後二時二十五分】

【話者／宮城県S市在住の三十代女性、物見遊山に来校とのこと】


結婚して四年目だったかなあ——旦那とイケアの店内を歩いてたんですよ。

そしたら、学習机や子供用ベッドがあるフロアに入るなり、突然旦那が「あ、昔の出来事を思いだした」って言いだしたんです。

「小学生のころ、僕と弟は二段ベッドに寝ていたんだよ。弟は体重が軽いから上の段。僕は下の段だったの。それである夜さ、女の人が上の段から逆さの状態で、こっちを覗いてきたんだよ。弟が寝ているはずなのに。それがクルミの殻みたいに萎んだ顔の女性でね、なんにも言わずに僕を睨んで、長い髪を時計の振り子みたいに、右へ左へ揺らし続けているんだよ。あれはおっかなかったなあ」

私、その話を聞いて激怒したんです。

だってその日「第二子を妊娠したから将来は必要になるね」って、二段ベッドを視察に来ていたんですから。そういう状況で暴露する話じゃないでしょうに。
うちの人、本当そういうところが無神経なんですよね。

ハルカはいない

【日時／十月十四日・午後三時ちょうど】
【話者／山形市在住の四十代女性、学生の作品を購入しに来校とのこと】

小学校三年のとき、おなじ学区の女子三人でよく遊んでいたんです。おなじ学区と言っても、私の家は学校から徒歩五分の近場だったんですが、残りのふたり、ハルカとアキ（筆者注：いずれも仮名）は二十分ほどかかる団地に暮らしていたんです。なので、まずそれぞれが帰宅し、ランドセルを置いてから集合するんですね。たいていは私の家に集まって、少女漫画を読んだり絵を描いたりしてました。一軒家で、おまけに両親が共働きだったので、団地より気兼ねしなくて済んだんです。

ある日、いつものように帰宅してふたりが来るのを待っていたんですが、一時間を過ぎても同級生が来ないんです。いまの子みたいにメールやＬＩＮＥなんてないので、痺れをきらした私は、ハルカの家に電話をかけたんですよ。

三回ほど鳴って、ハルカのお父さんらしき男性が「もしもし」と出ました。

「あの、ハルカちゃんいますか」

「ハルカはまだ帰ってないな。いま家にいるのは次女だけだよ」

「あ……そうですか。ありがとうございます」

混乱しながら、私は電話を切りました。ええ、そりゃ混乱しました。だって一緒に学校を出たんですよ。私の家の前で「あとでね」と別れたんですよ。それからおよそ一時間、とっくに帰宅していてもおかしくないんです。けれど、家族が帰ってないと言っている以上は「そうですか」としか返事のしようがないですよね。

あ、もしかしたらアキのところに寄り道してるんじゃないの。そうひらめいた私はもうひとりの友人、アキに電話したんです。すると、アキ本人がすぐに出て――。

「えっ、さっき一緒に団地まで帰ってきて、ハルカの棟の前で別れたよ」

ええ、混乱しましたよ。誘拐とか事件とか、あまりよろしくない単語が頭のなかを駆け巡りました。どうしよう、どうしよう。やはり、ハルカのお父さんにもちゃんと知らせておいたほうが良いのではないか。子供なりにいろいろ考えて、私はハルカの家にもう一度電話しました。すると――当のハルカが出たんです。

「ごめんごめん、今日お母さんしかいなくて、下の子の面倒見てたの。もうちょっとした

「え、お父さんは普通に仕事だって。いるのは、私と三女とお母さんだけだもん」

「……でも、さっきお父さんが電話に出たよ」

ら出るつもりだったんだけど」


その日いちばん混乱しました。いないはずの人がいて、いたはずの人がいない——子供の頭ではどう処理して良いのかわかりませんでした。いえ、大人になったいまも、まるでわからないんですけども。

あれはいったい、なんだったんでしょうね。

あ、ちなみにハルカも「遅れるね」と伝えるため、私の家に電話していたらしいんですが、コールが三回鳴ったところで勝手に切れてしまったそうです。

そんな出来事が、たった一度だけありました。

来夢

【日時／十月十四日・午後三時二十分】

【話者／山形市在住の女子中学生、友人と連れ立って遊びに来たとのこと】


あの、秒で終わる話なんですけど大丈夫ですか。

ちょっと前の夜、夢を見たんですよ。それが、自宅に帰ってくるときの夢なんです。見なれた玄関のドアを開けて、廊下を歩いて、階段を登って、二階にある私の部屋の前に立って——そういう内容だったんですけど。

目線がやけに低いんです。

三歳児くらいの目線で、階段なんかもう、ずりずり這いあがってる感じなんです。

「なんでこんなに低いんだろう」と思っているうちに、夢の私はドアノブをまわして、扉を開けて、部屋に入ろうとしたところで——目が覚めて。

「なに、いまの夢」って布団から起きたと同時に、ドアの近くに置いていたウサギのぬいぐるみが、すごい勢いで前のめりに倒れたんです。壁に寄りかかっていたのに。

それで「あ、この子の視線だったのかも」と思ったら怖くなっちゃって、ウサギのぬいぐるみを夏服と一緒に、衣装ケースへ収納したんですね。

そしたら先週、ずっと狭い空間にいる夢を見て。

一昨日は、その狭い場所をなんとか抜けだす夢を見て。

だから——今夜がちょっと厭なんですよね。

蛇夢

【日時／十月十四日・午後三時二十五分】
【話者／山形市在住の三十代男性、学生のストリートダンスを見に来校】

いま、隣の展示を見ながら、こちらに座っていた女の子の話に聞き耳を立てていたんですが――非常に驚きまして。というのは、私も過去に、すこし不思議な夢を見た経験があるものですから。

さっきのお嬢さんとおなじ年齢のころ、高熱を出したんですよ。

風邪だと思うんですが、半日も経たずに四十度まであがりまして。両親も心配して「翌朝も熱が下がらなかったら救急病院に行こう」なんて相談しているのを、朦朧《もうろう》としつつ聞いていました。そんな状態だったからでしょうか――変な夢を見ましてね。

水中なのか霧なのかは不明ですが、うっすら白い空間にいるんです。どこだろうと思いながら歩くうち、白の濃度がどんどん濃くなってくる。ついには靴先も見えないほどになってしまって。このまま進むとまずいな、良くないなとわかっているのに、足が止まらないんです。やがて白がさらに濃くなり、自分の指も見えなくなったそのとき、目の前に一匹の蛇が、ずるずるっ、と出現したんです。

周囲の空気よりも真っ白な、ぞっとするほど美しい蛇でした。

ただね——その蛇、胴体と頭のバランスがおかしいんです。身体は普通の蛇と大差ないんですが、頭部が人間ほどもあるんですよ。

なんだこいつ——そう思っていたら、ふいに蛇が。

「まだくるな」

そう言った途端、視界が明るくなって。

見ると、両親が不安そうに私の顔を覗きこんでいました。なんでも、私はいまにも死にそうなほど衰弱していたらしいんですが、目を覚ます直前、いきなり表情が緩んで、肌に血の色が戻ったというんですよ。その後はぐんぐん熱も下がり、二日後にはおもてを駆けまわるほどに回復しました——と、まあ、なかなか不思議な体験をしたわけですが、そこは子供ですからね。ほかに興味があることを追いかけてるうちに、すっかりと忘れていたんです。思いだしたのは数年後、高校生のときでした。

おなじ夢を、見たからです。

以前にも増して奇妙な夢でね。空間は白っぽいんですが、すこし濁っているんです。前回のそれが白い靄だとすれば、そのとき周囲を包んでいたのは、スモッグみたいな雰囲気の煙でした。二度目ということもあって恐怖は抱きませんでしたが、とにかく空気が不快だった記憶が残っています。

やがて、辿りついた先にはあの白蛇が待っていました。

細い胴体に巨大な頭。以前と変わらぬ姿で、蛇はこちらを見つめていました。私は「ひとまず、子供のときのお礼を言わなきゃ」と考え、前へ一歩踏みだしたんです。

すると、蛇が──。

「まだこないのか」

痺れをきらした声でした。注文した料理がなかなかテーブルに届かないときの口調──と例えれば、なんとなく想像してもらえるでしょうか。

どうやって目覚めたのかは憶えていません。「まだこないのか」以外にも、なにかを言われたような気がするんですが、思いだせないんです。

幸い、それ以降は夢で白蛇には遭遇していません。でも、次にあの夢を見たときが最後だと思っています。ええ、蛇はもう待ってくれない──そんな確信があるんです。

木視

【日時／十月十四日・午後四時十分】
【話者／山形市在住の四十代女性、義母を病院へ送った帰りに時間つぶしで来校】

私には七十になる義理の母がおりまして、いろいろ複雑な事情で現在はアパートに独り暮らしなんです。ですから、私は今日みたいに病院へ送迎したり買い物に連れて行ったりと、ほぼ毎日様子を見ているんですね。

このあいだもアパートを訪ねたんですけど、会うなり義母が「私、とうとう惚けてしまったのかも」なんて憂鬱そうに言うんです。こちらがあまり真剣な顔で聞くと、義母も気に病みますから、私は努めて明るく「どうしてですか」と訊ねたんですよ。

それが、なんとも妙な話でね。

昼過ぎに、玄関をノックする音がしたんだそうです。義母は「ずいぶん乱暴に叩く人ねえ」と思ったらしくて。耳が悪い所為でいつもは聞こえにくいノックが、やけにはっきり届いたからです。ところが、ドアを開けてみると誰もいなくて。

その代わり――目の前に、木があったというんです。

ええ。山や森に生えているあの木です。樹木です。わずかに開けたドアの隙間から、人間の背丈ほどもある小ぶりの樹木が一本、見えたんですって。

義母は動揺のあまり、無言でドアを閉めたそうです。落ち着きを取り戻してから、おそるおそるもう一度開けたときには、すでに木はどこにも見あたらなかった――と言っていました。

「わたし、頭が変なのかしら。もうお迎えが来るのかしら」

ずいぶん悩んでいる様子だったので「疲れていただけですよ」と慰めて、その日は終わったんです。私もあまり気にしていませんでしたしね。

そしたらあなた、数日後の夜ですよ。

義母から「わかったのッ」と興奮した様子で電話があって。

夕方、おもてがやけに騒々しかったんだそうです。「いったいなにかしら」と玄関を開けてみたら――向かいのお部屋に、何人もの警察官が出入りしているんですって。その部屋には高齢の男性が暮らしていました。義母も交流こそなかったものの、顔をあわせれば会釈くらいはする間柄だったようです。

いったいなにが起きたのか――混乱のあまりドアノブを掴んだまま目の前の光景を眺めていると、別な部屋に住む顔見知りの女性が路地から駆け寄ってくるなり「ねえ、不動産屋さん、見ちゃったんですって」と、義母に耳打ちしました。

「見ちゃった……って、なにを」

「死体に決まってるでしょ。孤独死らしいわよ」

予想外の科白に驚き、義母は改めて向かいの部屋へと視線を移したんだそうです。そこで、あるものに気がついて――心臓が止まりそうになったんだとか。

開け放たれたドアの先、玄関マットの脇に大鉢の観葉植物が置かれていたんです。

あの日見た木にそっくりの、観葉植物だったそうです。

それで義母、すっかり体調を崩しちゃって、それで今日も病院に行ってきたんです。

これって、どう解釈すれば良いんでしょうね。

巡回

【日時／十月十四日・午後四時五十五分】
【話者／本校学生の二十代男性、大学祭の実行委員とのこと】

お疲れさまです。いや、今年は台風で大変でしたけど、なんとか無事に学祭も終了できそうです。そんなわけで、ようやくこちらにお邪魔できました。

はい、ちょっと怖い話を持ってきたんです。聞いてもらえますか。

自分、今年が二回目の実行委員なんですが、去年はじめて参加するときに先輩から「巡回、気をつけてね」って忠告されたんです。

最初は「暗いから転ぶなよ」的な意味だと思って「スマホで照らしながら歩くんで大丈夫です」って答えたら、別な先輩が「意味、違うから」って笑うんですよ。

「夜に見まわりしてると……変な声が聞こえるんだってさ」

その場は「マジすか！」ってリアクションしましたけど、内心では萎えてました。自分、そういうのまったく信じない派なんですよ。否定派。だから巡回するころには、すっかり忘れてたんです。忙しいし。疲れてるし。

屋台をチェックして、真っ暗な本館を確認して、吹き抜けの周辺も異常なしで——最後にここ、学生会館に着いたんですね。自動ドアがロックされているので室内には入れないんですが「念のために」と思って、ガラス越しに懐中電灯で照らしたんです。

そしたら——奥に、人の足っぽいのがぼんやり見えるんですよ。

それで自分、すぐにスマホを取りだして、暗視カメラのアプリを起動させたんです。懐中電灯が届かない距離だったし、証拠がないとのちのちトラブルになるんで、撮影しておくつもりでした。ええ、学生が侵入したと思ったんです。

で、レンズを室内に向けて、ズームさせたら——やっぱり足が見えて。

足だけが見えて。

靴を履いた子供の足が暗闇に浮かんでいて——膝から上がないんです。

さすがに逃げましたね。声だけならまだ「錯覚かな」と思えるけど、見ちゃったら無理じゃないですか。で、本部テントに戻っていま見たものを話したんですが——。

「あ、今年は〈巡回〉、学生会館なんだ」

「俺らの前の代は廊下で、その前は吹き抜けだったらしいよ」

あっさり言われて、もう驚愕ですよ。〈巡回〉って、自分らじゃなくて〈あっち〉が見まわる意味なのかよって。もう、朝まで本部から一ミリも動きませんでした。

でも、今年はなにもなかったんです。見まわりのときも、変なものは見ずに済んで。

「良かった良かった」と思っていたんです——けど。

今日のお昼すぎだったかなあ。来場していた一般の方が本部に来たんです。

「学生会館の卒業生ブースで、毎年おなじ子供がずっと走りまわっているんだけど。あれは……なんですか」

その場は「確認しておきます」とおさめたんですけど。

ええ、はい。ここで見たそうですよ。子供を。

そうですよね。そんな子いませんでしたよね。じゃあ、やっぱり。

いないけど、いるんでしょうね。

僕の話はこれで終わりです。あ、ちょうどタイミング良く大学祭も終わりですね。それじゃ、気をつけてお帰りください。本当に——気をつけてくださいね。

～余談に似た、あとがき～

本来、あとがきを書くつもりはありませんでした。

「怪談売買所」の発案者である宇津呂鹿太郎さんへ寄稿を依頼していたこともあり、これ以上私がなにか書いても蛇足にしかならないのは自明の理だったからです。

にもかかわらず、この原稿をしたためているのには理由があります。

実は脱稿直前、興味深い出来事が起こったのです。


簡潔に、結論から申しあげます。

『怪談図書館～』の「シンがきた・その四」に登場する、私の事務所の下階で亡くなった男性と、『怪談売買所・参』の「木視」に登場する孤独死の男性は同一人物でした。

いまから四時間ほど前、仕事場の前にあるゴミ集積場へ燃える私のゴミを捨てに行ったところ「木視」を拝聴した女性とたまさか遭遇、彼女のお義母さまが私の斜め下の部屋にお住まいである事実が判明したのです。

つまり私が無人のチャイムにおののいていた時間と、お義母さまが奇妙な観葉植物に驚いていた時間は、ほぼ同時刻であったことになります。

東京ならいざ知らず人口二十万あまりの山形市ですから、たまたま住居が合致することも、そこで妙な出来事が同時に発生することも、有り得なくはないのでしょう。それでも、やはり私はなんだか薄ら寒いものを感じてしまいました。この感覚をぜひ読者の皆さんとも共有したく、強引にあとがきを捩じこんだ次第です。

もしや私は間違っていたのかもしれない――と、ふいに考えます。

往来の人々から無作為に怪談奇談を集める遊戯のつもりが、当の〈人ならざるモノ〉自体も呼び寄せていたのではないか――そんな思いを抱いてしまうのです。

しかし、仮にそうであったとしても「怪談売買所」は止められそうにはありません。この原石を掘りあてるような試みは、とうてい抗えない魅力を有しているのですから。

さて、命脈尽きるまでにどれほど多くの話と出会えるものか。厄災に飲みこまれる前にどれだけ上質の怪談を拝聴できるものか。

そんな恍惚と不安を胸に抱いて、私はいまキーボードを叩いています。

窓ガラスはあいかわらず、風もないのに揺れ続けています。

黒木あるじ

『怪談売買所』はどこまでも

宇津呂鹿太郎

「怪談売買所」、怪談を百円でやり取りする店。この奇妙な企画を私がいつ思い付いたのか、もう覚えていない。ただ、私が仕事として怪談蒐集を始めた頃には既に頭の中にあったように思う。そんなただ夢想するだけだったこの企画が実現する運びとなったのは、兵庫県尼崎市にある三和市場の方が背中を押してくださったのが切っ掛けだった。そうして私は、市場にある廃墟同然の空き店舗で初めて怪談売買所を開いたのである。二〇一三年六月のことだ。その経緯については拙著『怪談売買録 死季』に詳述したので、興味のある方は是非そちらをお読み頂きたい。

さて、こんな変わったことを六年間も続けていると、実に色々なことがあるものだ。やはり一番多いのは様々な怪異に見舞われることだろう。店舗の奥、誰もいない暗闇から女の高らかな笑い声が響いてくる。来られたお客さんから、私の後ろにある柱から人影が覗くと訴えられる。何かが崩れる大きな音が店中に轟く。怪語れば怪至る。怖い。怖いが、怪談を扱う者にとってこれは勲章のようなものだ。私はそう勝手に納得している。というように、怪異は今のところ実害はないし、それ自体ネタにもなるのであまり迷惑に感じてはいない。本当に困るのは厄介な人間の方だ。まず多いのが酔っ払いの襲撃である。よく来る酔っ払いがおり、いつも店の外から大声で私を応援してくれる。

「宇津呂さーん！　わしはホンマにあんたのファンなんや～！」

それが十分、十五分と続くのだ。こんなファンはいらない。

最近来た困った客といえば、道場破り（と私は呼ぶことにした）だ。セレブ然としたご婦人なのだが、店に入ってくるなり「あなた、怪談の仕事をしてるんでしょ？　幽霊なんているんと思っているの？」と喧嘩腰で迫られた。そこから始まる霊は存在するかしないかの不毛な討論。出口の見えない暗黒迷路。もううんざりである。

幽霊より怖いのは人間だと言われるが、私の場合、幽霊より〝困る〟のは人間なのである。

悪いことばかりではない。テレビや新聞など各種メディアから取材を受けることが多くなったのは嬉しい変化だ。お陰で地元での認知度も上がり、最近では道で行き合う人から「テレビで見ました」と言われることも珍しくなくなった。怪談売買所への来店者も、従来通りのたまたま前を通りかかって興味を抱かれた方々に混じって、自らの体験談を語ることを目的に来られる方や、私の怪談を聴きにわざわざ来られる方（怪談作家から一対一で直接怪談を聴けるということに価値を見出してくださっているようだ）、或いはその両方という方も増えた。有り難いことである。

では、来られる方は「売り」と「買い」のどちらが多いのか。答えは圧倒的に「売り」、つまり自らの怪異な体験を語る方である。この企画自体、労せずして怪談を集めたいという私のずぼら根性に端を発しているのだから、この結果は歓迎すべきところである。また、ここで語られる話に興味深いものが多いのも事実である。私に聞いて貰いたいと来られる方の話は言わずもがな、通りがかりに立ち寄られた方の話にも、実話ならではの凄みを持ったものが少なくないのだ。黒木あるじ氏が本書の前作に当たる『怪談売買録 拝み猫』のまえがきで、怪談売買所に来られる方々についてこう述べられている件がある。

「意図せずして語り手となった方ばかりであるから、口をついて出るのは型に嵌らない逸話が多い」

真に言い得て妙である。

「私の体験なんて短いし、ほんとにちょっとした話ですよ」

ここではよく聞かれる言葉だ。実際、そう前置きしてから語られる話は短い。しかしその短い中に、怪談としての面白味がぎゅっと凝縮されているのだ。類話のないものであったり、怪異の向こう側に様々なことを想像させられるものであったり、いずれも怪談の奥深さを感じさせてくれる、正に「逸話」である。ここはそういう体験談との出会いを提供してくれるのだ。

出会いと言えば、その体験を語ってくださる人達との出会いもまた貴重である。一度来てからこの場を気に入ってくださり、出店する度に差し入れを持って来てくださる方がいる。怪異に対して飽くなき探求心を持っておられる方とは、閉店時間を過ぎても終電ぎりぎりまで楽しく語り合った。お寺の本堂で怪談ライブの開催を申し出てくださったご住職もいる。とある地域の活性化に取り組んでらっしゃる方からは、地元で怪談ライブを開催して欲しいとのご依頼を受けた。自らの体験をここで語ったことを切っ掛けとして、怪談に興味を持ち、私が開催するイベントのスタッフ役を買って出てくださった方もいる。私はここで多くの知己を得た。全て私にとってかけがえのない人達である。怪談売買所は、怪談という稀有な体験談の数々だけではなく、目には見えない素晴らしい多くを私にもたらしてくれている。

そしてもう一つ、怪談売買所が私に与えてくれたものがある。それはある重要な気付きだ。怪異を体験された方の中には、それについてどう理解して良いか分からず、それをいつまでも心の奥底に澱のように溜め込んでしまっている方がいる。普段は意識せずとも、何かの拍子にその澱はふと意識の表層へと浮かび来たり、その方を陰陰滅滅と苛むのだ。しかしだからといってそれを通常の悩みと同等に扱うことは困難だ。そもそもが常識外れの体験である。説明も付かず、解釈のしようもなく、ただ鬱々と、もやもやと、心の中でとぐろを巻く。そんな持って行き場のないわだかまりを抱えた方には、その体験を吐き出せる場が必要となるらしい。

「今まで誰にも話せなかったんです。真剣に聴いて貰えて少しすっきりしました」

帰り際にそう言われる方は少なくない。そんな時、私は怪談が好きで良かったと心の底から思う。好きが高じて始めたこの酔狂な店が、図らずも人の役に立てたこともまた嬉しい。

そうなのだ、怪談は人の役に立つのだ。怪談で私は人の役に立てるのだ。そんな気付きもあり、この企画は、その後の私の怪談作家としての、いや作家としてだけではなく怪談に携わる者としての方向性を決定付けてしまったと言っても過言ではない。

この世にいる誰かと、あの世に旅立った彼の者のために、私はこれからも怪談を集め、書き、語り続ける。そこに怪談の未来への可能性があり、怪談が私たちの社会を変革する一原動力たり得ると信じるからだ。

もし、ふと出掛けた先で「怪談売買所」と書かれた幟を見付けたら、そっと店内を覗いてみて欲しい。薄闇の中、無限に広がる怪談の美しい世界があなたにも見えるかもしれない。

怪談売買録　嗤い猿

2019年12月6日　初版第1刷発行

著者	黒木あるじ
企画・編集	中西如（Studio DARA）
発行人	後藤明信
発行所	株式会社 竹書房 〒102-0072 東京都千代田区飯田橋2-7-3 電話03（3264）1576（代表） 電話03（3234）6208（編集） http://www.takeshobo.co.jp
印刷所	中央精版印刷株式会社

定価はカバーに表示しています。
落丁・乱丁本の場合は竹書房までお問い合わせください。

ISBN978-4-8019-2083-5 C0193